KB003154

나는 다정한 관찰자가 되기로 했다

나는 다정한 관찰자가 되기로 했다

불안에 휘둘리지 않는 단단한 태도에 관하여

이은경 지음

서교책방

내 아이를 위한 최선

안녕하세요, 이은경입니다. 저는 고등학생과 중학생, 연년생 아들 둘의 엄마입니다. 평범한 초등교사였는데요, 몇 년 전에 관뒀습니다. 제 두 아이를 지켜야 했거든요.

매일 아침, 무거운 몸으로 출근하는 사람이라면 누구나 사직서를 품고 일하는 시기가 있잖아요, 제게도 그런 날들이 있었어요. 물려받을 것 없는 집안의 공무원과 결혼해 줄줄이 아이 둘을 낳아 기른다는 건 사직서를 품을지언정 꺼내기는 요원한 일이랍니다. 그랬던 제가 오 년 넘게 망설이던 사직서를 기어이 꺼냈던 순간을 또렷이 기억합니다.

　그날은요, 우리 동네에 살던 두 명의 중학생이 한 달 간격으로 고층 아파트에서 몸을 던져 생을 마감했다는 소식을 들은 날이었습니다. 학교 폭력을 감당할 힘이 없는 작은 새들이었을 텐데 말이에요. 그들에겐 부모도 있고 가정도 있었지만 누구에게도 도움을 청하지 못했대요. 저는 이 일을 겪으며, 부모가 있는 아이라는 사실이 죽을 만큼 괴로울 때 도움을 요청할 어른이 있다는 것과 같은 의미가 아니라는 낯선 사실을 깨달았고, 밤새 울어 부은 눈으로 출근해 교감 선생님께 사직서를 제출했습니다. 그때가 제 아이들 3학년, 4학년 때네요.

　저희 둘째는 학교 폭력과 뗄 수 없는 여러 조건을 두루 갖춘 일반 학교의 도움반 학생입니다. 지능이 70이 되지 않아 중증 장애에 속하는 매우 느리고 특별한 아이, 친구들과의 대화도, 수업 시간의 참여도 기대하기 어려운 아이예요. 초등학교 3학년 때부터 시작해 중학교 3학년인 지금까지 놀리고 괴롭히고 따돌리고 투명 인간 취급하는 아이들 사이에서 '교실에서 살아남기' 시리즈를 이어가는 중입니다. 아이가 학교에서 보낼 시간을 상상하면 저는 갑자기 돌아버릴 듯 무너지지만, 할 수 있는 게 딱히 없답니다. 그런 안쓰러운 하루를 버티는 교실에 저는 들어갈 수 없으니까요. 아무리 사랑하고, 아무리 마음 아파도 결국 교실에서 하루를 버텨야 하는 당사자는 아이입니다. 저는 아이가 겪는 그 어떤 놀림과 괴롭힘도 대신 당해주거나 막아줄 수는 없지만, 수업이 끝나 집에 돌아온 아이를 환하게 웃으며 반겨주는 어른이 되자고 결심했습니다. 사직서는 그런 거였습니다.

여기까지는 그럴듯해 보여요. 딱 여기까지입니다. 평범한 공무원 남편의 외벌이는 그냥 초라한 현실일 뿐이더라고요. 월급이 끊긴 저는 돈이 무척 필요해졌어요. 학교에 간 아이들을 기다리는 동안 뭐라도 해서 한 푼이라도 벌어야 아이 치료비를 감당하겠다 싶어 책을 쓰기 시작했어요. 쓰던 사람이냐고요? 그럴 리가요. 출판사에 지인이 있냐고요? 전혀 아닙니다. 그랬다면 150군데 출판사에 투고해서 딱 한 군데와 간신히 계약하여 첫 책을 내진 않았겠죠. 당시의 제가 한 푼이라도 벌기 위해 했던 다양한 일들을 적기 시작하면 책 한 권은 그냥 나올 거예요. 시도했던 수십 가지의 일 중 오직 하나, 책 쓰기만이 계약금 백만 원을 손에 쥐어줬답니다.

무진장 순진했던 저는 책이 출간되면 팔릴 줄 알았어요. 내는 게 어렵지, 내기만 하면 돈이 들어와 살림살이가 나아지는 건 줄 알았어요. 세상 물정을 몰라도 너무 몰랐죠. 책을 써도 아무 일도 일어나지 않는다는 걸 말해주는 사람이 없었거든요. 책의 인세를 받아 삶이 윤택해지는 건 최태성 선생님이나 김영하 작가님의 이야기였고, 꼬박 십오 년을 월급만으로 살아온 공무원에게 세상은 모르는 것투성이, 아무것도 마음처럼 되지 않는 정글이었습니다.

얼굴을 알리고, 그 덕에 책을 한 권이라도 더 팔아서 인세를 받고 싶다는 단순한 마음으로 시작한 유튜브 채널이었습니다. 카메라도 마이크도 의상도 화장도 내용도 엉망진창이었는데 그걸 봐주시는 분들이 생겨나기 시작했어요. 너그러운 엄마들이었고, 그런 그녀들 덕분에 저는 엄마가 된 후 처음으로 운이 풀렸습니다. 채널의 성장과 함께 쌓여 있던 책이 팔리기 시작했고, 서서히 출간 제안을 받기 시작하여 지금껏 써온 책이 67권이네요. 드라마 같은 인생입니다.

이십 년이 넘는 시간, 자녀교육 언저리를 맴돌며 전국 곳곳, 심지어 해외의 수많은 엄마와 소통하고 있습니다. 최근 들어 부쩍 자녀교육에 관한 아빠들의 관심이 높아졌음을 느끼지만 제 본체이자 주된 관심은 '엄마'입니다. 아무리 맞벌이 시대이고, 교육에 열정적인 아빠의 출몰이 낯설지 않은 분위기라지만, 우리는 알고 있습니다. 사람의 인생에 결정적인 영향을 미치는 주체는 아빠보다는 엄마 쪽일 때가 훨씬 더 잦다는 사실을 말이죠.

우리는 어떤 멋진 사람이 몹시 궁금해질 때 그의 엄마를 궁금해합니다. 어떤 엄마가 어떤 방식과 생각으로 길러낸 사람인지 알고 싶어하죠. 반대로 입에 담기 어려운 몹쓸 짓을 저지른 사람을 알게 된 경우에도 마찬가지

입니다. 또 자연스레 우리는 서로를 보며 놀랄 때가 많아요. 저 아이는 어쩌면 저렇게 엄마랑 점점 더 비슷해질까? 물론 가정마다 정도의 차이는 있겠지만 엄마라는 한 여성이 자녀에게 미치는 절대적인 영향력에 관해서는 어느 정도 사회적 합의가 이루어졌다고 봐도 무방하죠.

그래서 엄마인 우리에게 묻고 싶은 이야기가 있어요. 아이를 잘 키우려고 무진 애를 쓰는 엄마들과 함께 천천히, 그리고 깊게 짚어보고 싶어요. 어쩌다 지금 이 시대의 애 엄마는 건드리지 말아야 할 예민함의 상징으로 전락한 걸까요?

출산율 0.68명, 기록적인 저출산 시대입니다. 이 힘든 시대에 엄마로 살기를 결심하고 기꺼이 낳아 기르는 수고를 감당하는 여성들에게 거는 우리 사회의 기대를 우리는 알고 있습니다. 이 시대에 '엄마'는요, 애도 잘 키워야 하고요, 돈도 잘 벌어야 하고요, 부모님도 잘 챙겨야 하고요, 본인 관리와 자기 계발에도 힘써야 하는 완벽에 가까운 존재여야 한대요. 그게 부담스러워 결혼과 출산은 선택사항이 되었고, 무자식이 상팔자를 외쳐도 이상하지 않아진 시대입니다. 이런 험난한 시대에 기꺼이 '엄마'를 선택한 것만으로도 우린 이미 용감한 여자들인 걸요.

그런 '엄마'들이 어쩌다 약속이나 한 듯 주변의 누군가를 불편하게, 불행하게, 불쾌하게 만드는 존재로 인식되어가는 걸까요. 최근에 대화를 나눴던 정신과 의사 선생님은 소아 환자의 보호자인 '애 엄마'라는 존재를 피하고 싶어 성인 진료의 비중을 높였다고 하시더라고요. 우리 동네 초등학교 앞 편의점 사장님도 편의점 창업을 후회하는 이유가 학원 마치고 뛰어 들어오는 아이들 때문이 아니라 엄마들 때문이래요. 교실 속 선생님들의 괴로움이 더해지는 건 새삼스레 아이들 때문이 아니에요. 아이들이 말을 잘 듣지 않는다는 것쯤은 각오하고 선택한 직업인걸요. 내 아이를 그 누구보다 특별하게, 매사에 당당하게, 실패 없이 뛰어나게, 빈틈없이 완벽하게 키우고 싶은 엄마의 욕심이 빚어낸 믿기 어려운 일들이 대한민국의 일상이 되어가고 있습니다.

그런데 여러분, 우리는 잘 알고 있잖아요. '엄마'는 원래 그런 존재가 아니거든요. 저는 아이를 낳아 기르는 여성인 '엄마'만이 사회라는 냉정한 정글 속에서 할 수 있는 특별한 역할이 있다고 믿는 사람입니다. 가정의 중심을 잡는 해와 같은 고유한 역할을 넘어서, 동네의 어디쯤, 사회 속 어느 장소, 전쟁터 같은 직장이라 할지라도 '엄마'인 여성의 등장과 함께 분위기가 부드러워지고 따뜻해지고 밝아지고 경계가 허물어지던 순간의 온화함을 기억합니다. 덕분에 주저하면서도 도움을 청해볼 용기가 생겼고, 실수였다고 고백하고 사과할 마음을 먹었고, 이 정도면 괜찮은 편이라며 자신을 토닥일 힘도 얻었습니다. 각박한 일상 한 구석 그곳이 어디든 '엄마'라는 여성들이 가져다준 특유의 느긋하고 다정한 공기를 느낄 수 있었습니다.

그런데 우리는 어쩌다 이렇게 차갑고 예민해졌을까요? 왜 점점 더 경쟁하듯 불안해지는 중일까요? 정리되기까지 꽤 오랜 시간 반복해 짚어야 했습니다. 그러니까 곧 시작될 제 이야기들은 한없이 불안하고 예민해진 요즘 엄마들의 마음은 무엇을 통해 단단하고 성숙해질 수 있을까를 깊고 넓게 고민한 결과물이라 생각해주시면 고맙겠습니다. 누구보다 예민하고 불안하고 초라한 엄마였던 동네 언니가 지금의 엄마들은 예전의 내 모습을 반복하지 않기를 바라며 써 내려간 편지이기도 합니다.

제 이런 마음이 여러분께 가닿기 위해서는 머리가 아닌 마음을 울려야 하기에 저부터 솔직하게 꺼내어 보여드리려고 합니다. 제가 그 누구보다 예민하고 불안하고 우울하고 극성스럽고 아슬아슬하게 살아가고 있음을 보여드리는 것으로 여러분의 마음을 움직이고 태도가 달라질 수 있다면 발가벗은 듯한 멋쩍음은 감내하겠습니다. 덕분에 아이와 아이들을 둘러싼 주변을 향해 날카롭게 세웠던 날을 무디고 부드럽게 다듬어, 의연하고 관대한 속 깊고 멋진 어른이 되어주신다면 저의 부끄러움은 대수가 아니겠지요.

경쟁하듯 예민하고 불안해진 우리 엄마들에게 필요한 건 아이와의 적절한 거리입니다. 아이를 나와 동일시하여 아이가 성장하며 겪는 일련의 과정에 지나치게 감정 이입하며 괴로워하는 중이라면 잘 오셨습니다. 한 사람의 사회인, 혹은 여성으로서는 제법 단단하고 성숙하고 담대했던 내가 예민하고 불안하고 전전긍긍하는 엄마로 사는 꼴이 초라하고 못마땅해 자책해본 적이 있다면 역시나 제대로 찾아오셨습니다. 엄마인 우리가 겨우 내 아이, 내 가족밖에 모르는 이기적이고 예민한 아줌마라는 시선에 갇혀 쫓기듯 쩨쩨하게 살지 않기를 소망합니다. 임신, 출산, 육아라는 깊은 터널도 인내심 있게 통과해낸 우리의 저력을 믿고 기대합니다.

숨차도록 바쁘게 돌아가는 일상 속 '엄마'의 역할은 밥을 지어 먹이고, 문제집을 채점해주고, 학원 레벨 테스트를 신청하는 것이 전부가 아니라 믿습니다. 작은 새처럼 연약해 보이는 내 아이에게 기꺼이 상처받으며 성장할 기회를 주고자 불안함과 싸우는 용감한 엄마들에게 이 책을 바칩니다.

내 아이가 외로울까 속상할까 아플까 힘들까 전전긍

긍하느라 너무 깊은 생각에 **빠지거나**, 아이를 불편하게 만드는 존재를 실시간으로 감시하고 제거하기 위해 너무 큰 에너지를 쓰지 말기로 해요. 그렇게 아껴진 에너지는 우리를 둘러싼 가족, 이웃, 동료, 제자가 삶의 자리에서 고군분투하다 겪게 된 시행착오와 실수와 실패를 이해하고 격려하는 일에 쓰이길 기대합니다. 그게 결국 내 아이를 위한 최선이 될 테니까요. 그럼 지금부터 제 못난 시행착오와 실수와 실패를 하나씩 고백해보겠습니다. 다정한 눈으로 지켜보며 격려해주시리라 믿습니다. 그것이 결국 우리 모두의 아이를 위한 최선이 되리라 확신합니다.

"이 시대 사람들은 모든 것에 지름길이 있다고 믿는다.

하지만 사람들이 배워야 할 가장 위대한 교훈은,

가장 험한 길이 장기적으로는 가장 쉽다는 것이다."

헨리 밀러

1장

다정한 관찰자

적절한 거리

와글거리는 아이들 사이에 ——————
덩그러니 혼자 있는 아이

둘째가 중학생이 되었을 때다. 나는 막연히 무서웠다. 지적 장애를 가진 아이가 중학교라는 정글에서 살아남을 방법을 알려주는 곳은 어디에도 없었다. 초등교사 출신이라는 그럴싸한 경력은 막상 내 아이의 중등 입학 앞에서는 낡아빠진 계급장에 불과했다. 울지는 않았다. 울어봤자 달라지는 것 없이 몸만 고생스럽다는 걸 알게 된 덕분이다.

초등학교에 입학하던 즈음에는 지능 검사 결과지를

붙들고 수시로 눈물을 짰다. 그렇게 구 년이라는 긴 시간을 보내면서 우는 것도 체력전이라는 뜻밖의 사실을 깨달았다. 물론 눈물이 흘러내리는 실시간 상황에서는 체력이 문제 되지 않는다. 차이는 '회복 속도'다. 초등학생이던 아이가 중학생이 되기까지의 육 년, 파릇하고 날렵했던 삼십 대 엄마는 사십 대의 둥그스름한 중년여성이 되었고, 오전 내내 지워지지 않는 베개 자국으로 나이를 실감하는 중이다. 울고 난 다음 날이면 마음이 힘들던 삼십 대 때와는 다르게 사십 대는 몸이 견디질 못한다.

마음먹고 제대로 울고 난 다음 날이면 몸 구석구석이 쑤셨다. 부은 눈이 가라앉질 않아 미팅, 강연 등에서 민망한 상황에 처했고, 물에 빠진 사람처럼 하루 종일 무겁다. 겨우 수분 좀 빠져나간 것뿐인데, 그 탓에 소진해버린 기력은 꼬박 하루를 쉬어야 회복됐다. 잠깐 운 것치고 너무 큰 대가를 치르고서야 마무리되는 상황. 나도 살아야겠기에 마흔 줄에 접어들고부터는 특별한 이슈가 있을 때를 기해 한 번에 몰아서 운다. 지난 눈물과 이번 눈물의 간격이 벌어지기 시작했다.

도움반 소속 학생의 중학교 생활은 예상보다 훨씬 다사다난했다. 담임 선생님과 도움반 선생님의 긴급 전화에 보호자로서 바로바로 조치해야 하는 일들이 학기 내내 이어졌다. 사안은 다양했고 서사는 점점 복잡해지고 길어졌다. 아이가 저지르거나 당한 행동을 어떻게든 긍정적인 방향으로 해석하고 축소하려는 선생님의 의도가 수화기 너머에서도 정확하게 감지됐다.

매번 처음 겪는 당황스러운 상황에 직면한 나는 어찌할 바를 몰라 쩔쩔매다가 최악은 아닌 듯한 결정으로 간신히 마무리 짓고 넘어가곤 했다. 지나고 생각해보면 왜 그랬을까 싶은 후회스러운 결정과 대답도 있었다. 그런 날이면 자려고 누웠다가도 내 짧은 생각과 경솔한 대답과 부족한 모성애를 자책하며 이불을 걷어찼다.

무엇보다 곤란했던 건 학기마다 돌아오는 중학생들의 교외 체험학습 날이었다. 연년생이라 정확하게 한 학년을 먼저 사는 큰애가 "오늘은 박물관에 간대"라는 짧은 말을 툭 던지고 가벼운 차림으로 나서던 어느 날이 기억난다. 그땐 몰랐다. 학교에 가든 박물관에 가든 아이가 알아서 나갔다가 때가 되어 집으로 돌아오는 하루가 얼마나 기적 같은 일인지.

자유학년제 기간이었던 1학년 때는 동아리별로 교외활동이 잦았고, 2학년 학기 말 즈음에는 반별로 학교 밖 체험활동 계획이 턱턱 잡혔다. 학교마다 차이가 있는데, 둘째 아이의 학급은 학교에 모여 다 같이 이동하지 않고 체험학습 장소로 바로 집합하는 게 보통이었다. 예를 들면 경복궁 근처 한복 대여점, 광화문역 3번 출구 어느 전시장 1층 로비, 지하철 4호선 대학로역 2번 출구로 나가기 직전의 계단.

이런 식의 안내문을 읽을 때면 한없이 무거워진다. 거기까지 어떻게 찾아가란 말이야! 짧지만 강한 분노가 솟는다. 보통의 중학생이나 교사에게는 '당기세요', '미세요' 따위의 안내문과 별 차이 없는 안내겠지만, 70이 채 되지 않는 지능을 가진 중학생에게는 새로 설치한 정수기의 설명서만큼 어렵고 무거운 지시다. 애가 혼자 못

가면 엄마가 같이 가주면 되는 거 아니냐, 학교에 도와달라고 하면 되는 거 아니냐, 라는 주변의 조언을 듣는 것도 오랜 일상이다. 제가 그걸 모를 리가요, 도움반 7년 차짬밥인데요.

중2병 중증인 아이는 주문을 외듯 '내가 알아서 할게', '배고파'를 반복하며 어른의 도움을 거부했다. 그 누구와도 같이 가지 않을 거라고, 혼자서도 잘 다녀올 수 있다고, 뒤에서 따라오지도 말라고. 이유는 명쾌했다. 친구들은 모두 알아서 가는데 왜 나만 혼자 갈 수 없냐는 거다. 잘났다, 이 새끼야. 친구들과 본인의 다른 점을 모른다. 언젠가 알게 될 날을 상상하면 묵직하게 슬퍼진다.

물론, 그런 번거로운 상황을 만들지 말고 애를 살살 달래서 그날은 학교에 가지 않고 쉬는 방법도 있겠다. 실은 나는 그걸 바란다. 체험활동 안 가고 집에서 쉬면 햄버거를 사주겠다, 종일 게임을 하게 해주겠다, 용돈을 주겠다 등 매력적인 조건을 내걸었으나 협상은 번번이 결렬됐다. 집에서 얌전히 하루 쉬기만 하면 햄버거를 사준

다고 내게 그래 주면 소원이 없을 텐데, 거길 굳이 가겠
단다. 누가 말려.

그래서 오늘의 나는 파파라치다. 이건 내 부캐 중 하
나다. 싫어한다는 이유로 혼자 가게 둘 순 없으니 장비를
챙긴다.

출발. 잘 쓰지 않던 검정 벙거지를 깊숙이 눌러쓰고
선글라스와 마스크도 챙긴다. (이 모자로 말할 것 같으면 한때
몹쓸 연예인병에 걸렸던 시절, 마트에 장 보러 갈 때 쓸 요량으로 장만
했던 건데, 민망하게도 이제껏 마트 등에서 나를 알아본 독자는 세 명
을 넘지 않았다.) 벙거지와 색을 맞춘 검정 마스크를 쓰고,
깊고 맑은 눈망울을 가려줄 손부채를 든 영의정 부츠에
패딩 차림의 아줌마가 남학생의 뒤를 밟기 시작한다. 남
파 간첩에 못지않은 분위기다. 타깃과의 간격은 5미터.
간격 유지에 집중한다. 집중까지 해야 하는 거냐고 묻는
다면 어떤 의미에선 원고를 쓸 때보다 훨씬 더 뾰족한 집
중력을 요구하는 일이라고 자신 있게 답할 수 있다. 집중
력이 흐트러지는 순간 바로 실패로 이어지기 때문이다.

자화자찬이라 미안하지만, 사실 나는 남의 뒤를 조용히 밟기에 썩 괜찮은 몸을 가졌다. 사십 년 넘게 나름 날렵하게 갈고 닦아온 몸뚱이가 이런 상황에서 이런 식으로 빛을 발할 줄은 몰랐지만. 내가 강연 일정으로 발이 묶여 남편이 대신 나선 적이 몇 번 있었다. 한 번도 안 들키고 들어온 적이 없었다. 빠르면 5분, 좀 버틴 날은 30분 정도면 여지없이 들킨다. 아마추어와 프로는 몸놀림부터 다르다. 그는 크고 둔하다. 정신 상태마저 나약하다. 들키면 들키는 거지 뭐, 라는 썩어빠진 정신 상태로 크고도 둔한 몸을 대충 놀린다. 아마추어는 괜히 아마추어가 아니다.

그날의 집합 장소는 대학로였다. 컴컴한 지하 소극장에서 연극을 보고 민들레 영토에서 차 한잔을 호호 불어 마시던 젊음과 낭만으로 가득했던 대학로. 친구들과 연극을 보고, 남자친구와 돈가스를 먹고, 영어 스터디 모임을 다녔던 추억의 장소. 그 대학로에 이런 이유로, 이 꼴로 십수 년 만에 다시 오게 될 줄이야. 여하튼 민들레고 나발이고 지금은 타깃의 움직임을 주시해야 한다.

곧 끝날 것이다. 타깃이 집합 장소에 무사히 도착한 것만 확인하면 근처 따뜻한 곳을 찾아 머물 것이다. 그리고 일정이 모두 끝난 타깃과 우연인 척 운명인 척 전철역 근처에서 마주친 후, 마침 집에 가는 길이니 같이 가자고 천연덕스럽고 발랄하게 제안하면 오늘의 미션은 완료다. 계획이 빈틈없는 것에 비하면 날씨가 돕지를 않는다. 꼼짝하기 싫어지는 춥고 어두운 전형적인 겨울 날씨. 낡은 부츠 속 발가락의 감각이 느껴지지 않을 정도의 얄미운 추위다. 타깃이 제대로 도착한 것만 확인하면 어디로든 날쌔게 뛰어 들어가리라는 다짐을 해본다. 고맙게도 타깃은 두 번의 환승 끝에 무사히 제시간에 현장에 도착했다. 됐다, 후광을 비추며 담임 선생님이 나타나셨고 파파라치의 미션은 완료다.

그런데 발이 떨어지지 않는다. 미간이 일그러지는 동시에 눈이 흐려진다. 이제 체력 문제로 그만 울기로 하지 않았던가. 와글거리며 들뜬 친구들 사이에서 오직 한 명의 남학생만 혼자다. 이 친구에게 인사하고, 저 친구에게 말을 건네봐도 투명 인간 취급이다. 아이들은 타깃이 눈에 보이지 않는 것처럼 굴었다. 못 봤다고 하기엔 유독 거대한 덩치와 큰 목소리를 가졌는데. 이건 도저히 안 보일 수가 없는데. 애써 고개를 돌리고 일부러 자리를 옮겨가며 타깃을 외면하는 중학생들. 누가 한마디라도 해주지 않을까 싶어 쉬지 않고 말을 거는 아이의 모습을 보며 나는 좀체 발이 떨어지지 않았다. 추웠었는데, 안 추워졌다. 훅, 하고 열이 오른다.

어떻게 해야 할까. 어차피 꽁꽁 가린 행색이니 내가 누구인지 알아보고 뒤쫓아 오거나 신고할 수도 없을 텐데, 저기 저놈들의 뒤통수를 차례로 딱 세 명만 갈겨버릴까?

∞

그땐 몰랐다. 학교에 가든 박물관에 가든 아이가 알아서 나갔다가 때가 되어 집으로 돌아오는 하루가 얼마나 기적 같은 일인지.

엄마의 말, 삼키지 않으면 _____
아이는 어른이 될 수 없다

와글거리는 아이들 사이에 덩그러니 혼자 있는 아이를 가만히 바라보다가 눈을 감고 돌아섰다. 내가 할 수 있는 최선이었다. 장갑 낀 손으로 젖은 눈을 훔치고 한없이 무거운 발을 간신히 돌려 근처 스타벅스로 향했다. 특유의 향과 온도가 내 집 현관에 들어선 듯 편안함을 준다. 등에 달렸던 노트북을 꺼내어 펼치는 것으로 시간과 공간을 확보한다. 폭신한 케이크와 당도 높은 커피를 골랐지만 그날의 케이크가 어떤 종류였는지는 전혀 기억나지 않는다.

케이크를 크게 한 입 베어 물자 참았던 숨이 그제야 쉬어졌다. 그 기막힌 모습을 보고서도 그대로 돌아서야 했던 엄마는 내내 삼켰던 숨을 이제야 뱉어본다. 목숨보다 아끼고 사랑하는 막내아들이 눈앞에서 일순간 투명인간이 되어버렸다. 숨이 쉬어지는 게 이상한 일 아닌가. 뱉을 타이밍을 찾지 못해 폐 한가득 들어차 있던 흐린색의 숨을 케이크와 맞바꾸고, 바닐라라떼를 냉수 마시듯 들이켜고도 한참이 지나서야 눈물이 멎고 정신이 들었다.

고민을 시작했다. 오늘의 나는 어떤 엄마가 되어야 할까. 한두 시간 후, 어디서든 오늘의 아이와 만나게 될 텐데 나는 어떤 톤의 낯빛을 준비해야 할까.

추운 아침, 엄마가 어디에 서서 무엇을 지켜봤는지, 어떤 마음으로 기다렸는지 모를 아이는 평소처럼 아무렇지 않게 오늘 체험학습은 무척 재미있었다며 소란스러운 자랑을 늘어놓을 텐데. 그런 아이의 말간 얼굴 앞에서 나는 어떤 무수한 말들을 삼켜야 할까.

고민은 짧았다. 어젯밤까지 씨름하던 원고 파일을 펼치고 빠른 속도로 키보드를 두드리기 시작했다. 몸을 움직여 뇌를 속이는 방법은 나의 오랜 습관이다. 손을 빠르게 움직여 묵은 설거지를 해치우거나 빨래를 널고 갤 때도 있다. 그럴 기운까지는 빠듯할 땐 부드러운 천을 꺼내어 멀쩡한 잎들을 공들여 닦는다. 사안이 좀 크다 싶을 때는 평소 거슬리던 화분들을 뒤집어엎은 후 분갈이를 해버리는 것도 뇌를 속이는 방식 중 하나다. 사건이 언제 터질지 모르니 분갈이 흙은 미리 한 포대 사둔다. 삼천 원의 행복이다. 삼천 원의 슬픔인가.

아이가 중학생이 되면서 사안이 줄어들기는커녕 스케일이 점점 커지는 기세를 보이자 손만 까닥거리는 것으로는 부족해 뜀박질을 시작했다. 영화 '말아톤' 속 배우 조승우는 무진장 열심히도 뛰던데, 우리 집은 어찌된 꼴인지 아들은 한가롭게 체크카드 긁으며 나다니고, 늙은 어미 홀로 헉헉거리며 뛴다. 집구석 한번 잘 돌아간다.

케이크가 열을 식혀주고 정신이 돌아오자 그사이를 못 참고 작은 바람이 생겨난다. 아이를 만나면 앞뒤 없이 그냥 줄줄이 물어보면 안 될까? 아침에 눈을 뜰 때마다 그날의 질문 쿠폰을 한 장씩 받을 수 있다면 얼마나 좋을까?

물어보고 싶고, 물어볼 수도 있고, 어쩌면 대답을 들을 수도 있을 것 같아도 그 질문을 삼키는 게 최선일 때가 있다. 아이를 키우면서는 더욱 절절히 깨닫는다. 터져 나오려는 마음과 질문과 표정을 꾹꾹 누르고 한 번만 삼켜보면 안다. 꼬치꼬치 묻고 뱉는 것으로 해결되는 일은 없다는 사실과 애를 쓴 끝에 뱉지 않고 삼켜낸 것이 얼마나 다행스러운 일인지 말이다. 그래서 삼키기 시작했다. 삼키기 위해 애쓴 엄마의 말은 주로 이런 것들이다.

"오늘 누구랑 놀았어?"
"왜 또 혼자 놀았어? 너 말고 혼자 노는 애 또 있어?"
"너랑 또 누구누구 혼났어?"
"걔가 더 많이 혼났어, 네가 더 많이 혼났어?"

"선생님 맨날 그렇게 큰 소리로 화내셔?"

"걔들이 너만 빼고 자기들끼리 놀았어?"

"그래서 너는 뭐라고 했어? 가만히 있었어? 왜 바보같이 가만히 있었어!"

엄마의 말들을 삼키지 않으면 아이는 영영 어른이 될 수 없다. 아이를 위해 뭐든 다 해주고 싶었던 엄마는 몇 마디 삼키지 못한 것뿐인데 아이를 영영 아이에 머물도록 만든다. 아이를 꼼짝 못 하게 세워두고 재차 물어보며 불안을 증폭시키고 밤을 꼴딱 지새운다. 아이들끼리 싸웠고, 진작에 서로 화해하고 끝났는데도 끝내 부모들의 감정싸움이 돼버리는 경우가 점점 많아지는 것은 요새 아이들이 예민해지거나 폭력적으로 변해서가 아니다.

아이들은 원래 매일 싸웠다. 그게 본래 아이들의 일이다. 왕자와 공주로 자라온 고만고만한 아이들이 성숙하고 어른스러운 태도로 서로를 아껴주고 도와주고 양보하는 게 말이 되는가. 태초의 에덴동산도 애들이 바락바락 싸우는 소리로 시끄러웠을 거고, 한글 대신 일본어를 배워야 했던 일제강점기 교실에서도 아이들은 쉬는 시간마다 맹렬히 싸웠을 것이다. 그렇다면 그 시절의 엄마들도 아이가 외로워하거나 억울해하거나 싸움에 휘말릴 때마다 내 새끼 누가 건드렸냐고 분노하며 카톡방을 들었다 놨을지 생각해볼 일이다.

내 아이가 상처받을까 두려워 벌벌 떠는 엄마들, 지금의 우리는 왜 아이가 상처받고 흔들리고 곤란해할 상황을 미리 차단하고 끝내 막아내는 일에 온 정성을 다할까? 엄마인 우리도 어른이 되어가는 길 위에서 숱하게 주거나 받아봤던 그 상처를 내 아이는 받지 못하게 하기 위해 뾰족하게 날을 세운 채 주변을 살피는 것이 엄마의 일이라 착각하는 건 아닐까?

사랑하는 아이를 위해서라는 이유로 당연시하는 지금의 이 무수한 노력이, 그래서 삼키지 못하고 쏟아버린 말들이 결국 아이가 혼자서는 아무것도 할 수 없고 어른이지만 어른으로 살지 못하게 만드는 거라면, 엄마인 우리는 태도를 바꿔야 한다.

아이가 어른이 되기를 원한다면 엄마는 눈을 감아야 한다. 나는 '다정한 관찰자'가 되기로 했다.

다정한 관찰자(A Friendly Observer)

따뜻한 시선으로 아이를 바라보며 상황에 따라 적절하고 다정한 말을 건네지만, 아이의 할 일을 대신해주거나 먼저 나서서 돕기보다는 스스로 해볼 시간과 기회를 주는 부모 유형.

아이에게 닥친 곤란한 상황을 세심하게 파악하고 있지만 해결해주지는 않는다. 상황을 해결하기 위한 아이의 느린 노력과 긴 과정을 응원하며, 그런 아이가 도움을 요청한다면 최소한의 조언과 무한한 격려를 보낸다. 아이를 힘들게 하는 사람, 상황을 발견하더라도 그것들을 재빠르게 제거해주기보다는 관계를 풀어내는 경험, 상황을 해결하는 힘을 기르는 과정에 무게를 둔다.

서툰 걸음으로 세상에 발을 내딛기 시작하는 아이에게 간섭, 지적, 도움, 대행보다 요긴한 건 엄마의 어떤 태도일까? 우리는 어떤 엄마가 되어야 할까? 투명 인간이 되어 아이의 고단한 하루를 지켜봐야 하는 엄마는 아이를 위해 무엇을 해야 할까? 아이가 처한 곤란한 상황마다 두 팔 걷어붙이고 달려 나갈 것인가, 한 발짝 떨어져 아이의 힘겨운 도전과 성장을 지켜볼 것인가. 지금 이 결정은 엄마의 삶은 물론, 아이의 삶 전체를 결정할 것이다. 그래서 '관찰'이다.

하지만 '관찰'만으로는 부족하다. 나는 그냥 관찰자가 아닌 '다정한 관찰자'가 되련다. 아이가 기대만큼 잘하지 못해도 섣불리 실망하지 않고, 염려한 대로 게으름을 부려도 실시간으로 감시하거나 지적하지 않고, 다정한 눈빛으로 바라봐주는 엄마. 아무리 노력해도 상황이 꿈쩍하지 않을 때, 시종일관 따스한 눈으로 지켜봐 주던 어른이 도움을 내밀어줄 거라는 든든함이 있는 아이는 어려운 도전도 기꺼이 시도해볼 수 있다. 마음처럼 되지 않아 속상하고 답답한 아이에게 필요한 건 즉각적인 도움과 빈틈없는 해결이 아니라 끝내 닿을 때까지 제법 오랜 시간을 다정한 온도로 기다려주는 어른일 것이다.

그래서 그날의 나는 다단한 질문을 참기로 했다. 그
어떤 어른도 결코 대신해줄 수 없는 어려움과 외로움 속
아이의 해진 마음을 굳이 후벼 파지 않기로 했다.

벙거지를 눌러쓴 스타벅스의 한 다정한 관찰자가 친
구들에게 외면당하던 막내의 모습을 잊기 위해 원고를
서너 장쯤 썼을 무렵, 기다리던 전화가 울린다. 몹시 즐
거웠던 체험학습이 끝났고, 친구들과 헤어져 집으로 출
발하려던 참이란다. 일사불란하게 무기를 챙겨 출동하
는 요원처럼 노트북을 짊어지고 아이와 같은 지하철을
잡아타기에 성공. 벙거지도 선글라스도 마스크도 필요
없어진 가뿐한 시간, 아이의 등을 톡톡 두드린다.

"어머, 집에 가는 길이야? 엄마는 오늘 여기 스타벅스에
서 출판사 팀장님이랑 다음 책 뭐 쓸지 미팅했거든. 어
쩜 신기하게 여기에서 딱 만났네?"
"아, 그래?"
"잘됐다, 엄마도 집에 혼자 가는 거 심심할 것 같았는데
같이 가면 되겠네."

아이는 배시시 웃으며 말했다.

"엄마, 배고파."

∞

사랑하는 아이를 위해서라는 이유로 당연시하는 지금의 이 무수한 노력이, 그래서 삼키지 못하고 쏟아버린 말들이 결국 아이가 혼자서는 아무것도 할 수 없고 어른이지만 어른으로 살지 못하게 만드는 거라면, 엄마인 우리는 태도를 바꿔야 한다.

실패의 다른 뜻은 _____
경험이고 과정

"엄마, 나 잘 도착했어."

나른한 주말, 아이가 도착을 알려온 곳은 머나먼 수원, 스타필드다.

서울의 동쪽 끝인 우리 집에서 전철로 왕복 다섯 시간. 머나먼 수원이라는 표현은 과장이 아니다. 시간으로 따지자면 강원도 왕복도 가능할 만만찮은 거리, 좁은 땅한반도이지만 전철로 촘촘하게 연결된 수도권은 충분히 광활하다. 주말의 목적지인 스타필드는 네 가지 노선의 전철을 환승하고도 10분 정도 걸어야 닿을 수 있는 곳이다. 이 추운 날 왜 그 먼 곳까지 간 건지 이해하기 어려웠고, 당연하게 불안했다. 전기장판을 뜨끈하게 올려놓은 침대에 배 깔고 누워 서로의 다리를 척척 겹쳐 쌓은 채로 넷플릭스를 함께 정주행해줄 늙은 어미가 여기 있는데 말이다.

혹시, 내가 그러자고 할까 봐 머나먼 곳으로 떠난 걸까? 내가 떠났다면 애가 드러누웠을까? 여러분, 이것이 사춘기입니다.

다정한 관찰자가 되겠다고 결심하며 20분 거리의 학급별 체험학습도 파파라치를 자처하며 뒤를 쫓던 엄마는 슬그머니 집구석에 버티고 앉아 무사히 도착한 아이의 전화를 기다리는 꾀가 났다. 오전에 출발한 뒤로 몇 번은 길을 묻느라, 또 몇 번은 본인의 위치를 알리느라 전화통에 불을 내더니 기어이 스타필드에 입장했다는 연락이 왔다. 산악인 아들을 둔 노모의 심정이 이럴까 생각하며 귤 까는 속도를 높였다. 마음 졸이던 불안한 일이

해결되면 식욕이 폭발한다.

　그래, 그렇게 가고 싶으면 다녀와.

　지능과 청력이 모두 정상 범위 이하인 아들이 세상으로 새로운 걸음을 딛기 원할 때, 나는 무섭고 아이는 들 뜬다. 대범한 척하지만 전형적인 겁 많은 엄마다. 불안한 마음에 파파라치로 출동할지 말지를 한참 고민했었다. 뒤를 밟으려던 마음을 누르고 보던 넷플릭스를 이어간다. '그날'이 오늘인지 아닌지 몹시 궁금했기 때문이다. 어쩌면 그날이 오늘일 수도 있을 거라는 심증과 물증과 데이터가 충분히 쌓인 상태다. 그날이 오늘이길 바라는 간절함으로 차곡차곡 모아둔 마음들.

　아이의 별명은 '5호선의 사나이'다. 내가 지어줬고, 나만 부르는 애칭 같은 거다. 우리 동네를 지나는 유일한 전철이 5호선이고 아이의 성장은 5호선 노선도와 결을 나란히 한다. 시작은 집에서 전철역까지 혼자 걸어가 보는 것이었는데, 어지간히 쓸만한 유전자는 형에게 뺏겨버린 이 아이에게는 천만다행으로 방향감각, 그러니까

길눈이 있다. 지독한 방향치인 엄마는 간만에 진심으로 하늘에 감사했다.

길눈을 확인한 후의 첫 번째 미션은 혼자 전철 타기였다. 나와 함께 타본 건 골백번도 넘는다. 아이가 가진 장애인 복지 카드는 본인은 물론 동행하는 보호자에게까지 무료승차라는 혜택을 허용했기에 우리는 틈만 나면 무료승차 특유의 여유로움을 만끽하며 지하철이 닿는 곳이라면 어지간한 거리도 마다않고 부지런히 쏘다녔다.

아이 혼자 전철에 오르기를 시도할 수 있었던 건 5호선이었기 때문이다. 노선이 단순하고 사람이 적은 편인 5호선은 아이가 혼자 지하철을 시도하기에 적당했다. 두 정거장 거리에는 우리가 자주 다니는 도서관이 있는데, 그곳에 혼자 가보는 것이 시작이었다. 그 후부터는 방향을 잘 잡아 5호선에 올라타기만 하면 도착할 수 있는 곳을 아이 혼자 다녀와 보는 것으로 어수선한 주말을 채우기 시작했다. 국영수 학원에 다니지 않는 중학생에게 주말은 너무 길었다.

아이가 5호선의 사나이로 자리매김할 수 있었던 결정적인 계기는 무술학원의 확장 이전이었다. 삼 년째 다니던 동네의 무술학원이 급작스레 조금 먼 곳으로 이전했다. 널리고 널린 게 학원인데 가까운 학원으로 옮기면 되지 않느냐고 하겠지만 내게는 한참 배부른 소리다. 또래와 성장 속도가 다른 아이들은 학원 하나 구하는 일에도 서너 배의 에너지가 든다. 어지간한 학원에서는 감당을 못해 손들고 마는 게 보통이다 보니 한 영혼, 한 영혼을 소중히 여겨주는 학원을 찾아야 한다. 다소 적적한 느낌의 소규모 학원을 발견하여 정 많은 원장님과 눈물과 콧물을 번갈아 닦으며 서로의 교육관과 가치관을 넘겨짚어보는 과정은 필수다.

이 무술학원도 전형적으로 그러했다. 단체 수업을 하기로 한 학원인데 툭하면 개인 수업이 되어버리곤 했다. 널리 알려진 무술이 아닌 탓에 체육관이 들끓기는 진작에 글렀다. 인적이 뜸한 학원에서 원장님과 개별적인 수업을 받으며 몸도 마음도 느린 아이는 마침내 자기만의 속도로 적응했고, 몇 안 되는 원생들과 끈끈한 정을 쌓아가며 난생처음으로 운동다운 운동 좀 하나 싶었다. 그랬던 곳이 전철로 꼬박 세 정거장이나 떨어진 곳으로 이전해버린 것이다. 고심을 시작했다. 매일 저녁 7시, 무술학원까지 차로 데려다주면서 아이 뒷바라지에 정성을 쏟을 것인가, 이참에 그만 다닌다고 하면 갖고 싶던 게임기를 사주겠다고 설득할 것인가, 불안함을 누르고 아이 혼자 전철을 타고 오가도록 용기를 내어볼 것인가.

언젠가는 아이 혼자 전철을 타고 다니며 세상을 알아가야 하는 때가 오겠지만 그 시점이 지금인지, 더 구체적으로는 오늘인지 아닌지는 확신하기 어렵다. 아이가 세상을 향한 새로운 걸음을 뗄 적절한 시기를 지나치게 늦지도 빠르지도 않게 알아차려야 하는 것이 부모의 최대 과제가 되어버린 시대다. 이전 세대의 부모는 먹고살기도 바빴던 탓에 이런 식의 기이한 과제는 듣도 보도 못했겠지만 우린 다르다. 그래서 나의 막내가 5호선으로 혼자 학원을 오가도 괜찮은 시기는 지금일까, 아닐까?

물론 이런 고민이 처음은 아니다. 제때 맞춰 착착 자

라주는 큰애를 키우면서도 입학 등의 전환기마다 마주했던 고민이다. 하지만 세월아, 네월아 본인만의 속도를 끝끝내 고수하는 둘째는 성장의 순간마다 단 한 번도 빠짐없이 무거운 숙제를 내주고 있다. 초등학교 등굣길을 혼자 다니기 시작할 시기, 돌봄교실에서 출발해 학교 후문 앞에서 혼자 셔틀을 기다렸다가 올라타는 시기, 학원을 마치고 아파트 정문에 내려 엄마 없이 집까지 걸어 들어오는 시기. 엄마는 그날이 언제인지를 몰라 하루에도 몇 번 갈팡질팡하다가 주름이 늘어간다. '오늘 한번 혼자 해보라고 할까? 아니야, 그러다 뭔 일이라도 나면 어떡해'로 점철된 기나긴 육아의 세월이다.

실패의 다른 뜻은 경험이고 과정이다. 온갖 시도와 시행착오 끝에 두 아이의 초등학교 과정을 마치고 보니 유리멘탈 엄마에게도 나름의 노하우가 생기기 시작했다. 역시 인생은 힘들어도, 막막해도 일단 한 발짝 내디뎌볼 노릇이다.

딱 하루, 내가 찾은 답은 '딱 하루'다. 지금이 적기인지 확신이 없을 때는 딱 하루만 해보는 거다. 하루 해보고 나서 다시 고민하는 것. 상황이 허락한다면 파파라치가 되어보길 추천하는데, 이때의 파파라치는 아빠나 할머니도 가능하다. 오늘 한번 편한 마음으로 시도해보고 아직 아니라는 사인이 보이면 한 달 후, 삼 개월 후, 반년 후, 일 년 후에 다시 고민하기로 미루어버리면 되는 일이다. 그때는 틀림없이 될 테니까 오늘이 아니면 말고라는 가벼운 마음으로 해보는 거다.

대범함과 게으름의 적절한 밸런스가 핵심이다. 아이의 그날이 오늘일 가능성을 배제하지 않으면서도 오늘 반드시 성공해야 한다고 강요하지 않아야 한다. 머리를 싸매고 고민한 끝에 내린 결론인데, 이 방법은 속도가 다른 두 아이 모두에게 더없이 적절했다. '아니면 말고'식의 가벼운 마음으로 겁도 없이 이런저런 시도를 선언하고 허락하는 엄마 덕분에 아이들은 저마다의 '그날'을 늦지도 빠르지도 않게 만나 세상으로 향하는 서툰 발걸음을 내딛는 중이다.

처음으로 혼자 전철을 타고 무술학원에 가던 날, 여러 당부를 뒤로하고 출발한 아이는 예상한 시간에 세 정거장 너머의 전철역에 무사히 도착했다는 전화를 걸어왔다. 안도의 숨을 내쉬며 식은 커피를 후루룩 넘긴다. 아이는 '5호선의 사나이'라는 시원스러운 타이틀의 진정한 주인공이 되었다. 불안함을 누르고 시도한 대범함과 그간 쌓아온 파파라치로의 무수한 날들이 만들어낸 작품이다.

　　그렇게 학원행 전철에 주 3회 오르기 시작하면서 아이의 일상에 전에 없던 크고 작은 변화가 생겨나기 시작했다. 집에서 학원을 오가는 사이에 있는 세 개의 전철역은 물론이고, 그 구역 전체를 중심으로 앞뒤에 촘촘히 늘어선 낯선 역들에 가서 인생네컷을 찍거나 짬뽕을 먹고 돌아오기도 했다. 또 어떤 날에는 코인노래방에 들르고, 서점에서 문제집을 사 들고 오거나, 인형뽑기 기계에서 꽝을 뽑았다며 안타까움에 사무친 전화를 걸어왔다. 커피가 식을 때까지 전화를 기다리며 불안해하던 엄마는 귀가 시간이 얼추 임박한 아이에게 전화를 걸어 들어오

는 길에 붕어빵 좀 사달라고 주문하는 게으름과 여유를
부린다.

다음 단계는 환승. 다른 노선으로 갈아타서 5호선만
으로는 닿지 못할 곳에 혼자 다녀올 수 있을지가 요즘 우
리의 이슈였다. 방향에 맞게 환승하는 것과 돌아올 때 반
대 방향을 찾아 환승하는 것은 나도 고등학생이 되어서
야 성공해본 일인지라 아직 먼일이라고 생각했다. 혼자
서도 환승할 수 있는 날이 오늘일까, 내일일까 생각만 했
지, 그때가 언제일지 가늠하기 어려웠다. 할 수 있다는
아이와 아직은 힘들 거라는 엄마가 팽팽하게 맞서기 시
작한 지 한 달. 어쩌면 그날이 오늘일 수도 있겠다. 환승
을 할 수 있어야 진정한 5호선의 사나이 아니겠는가. 그
랬던 그가 스타필드라는 성공을 알려온 것이다.

∞

언젠가는 아이 혼자 전철을 타고 다니며 세상을 알아가
야 하는 때가 오겠지만 그 시점이 지금인지, 더 구체적으
로는 오늘인지 아닌지는 확신하기 어렵다.

외로운 아이의
엄마로 살아간다는 것

　　아이는 목표했던 환승에 성공했다. 그런데 나는 마음
이 시려온다. 혼자 지하철 타기. 실은 보통의 중학생이라
면 친구들과 어울려 다니며 함께 했을 평범한 일상들이
다. 하지만 갖은 노력을 다해도 도저히 마음과 시간을 내
어주지 않는 친구들을 보며 수없이 상처받았을 아이는
그 다단한 5호선의 여정 내내 혼자였다.

　　세상 귀여운 모자를 쓰고 혼자서 갖가지 포즈를 취한
막내아들의 인생네컷 사진을 감상하던 밤, 선데이의 크

리스천인 이집사는 끝내 맥주 캔을 땄다. 따고 말았다. 언제나 누군가로 꽉 찬 사진이 당연한 줄 알았던 엄마는 양옆이 휑하니 비어 있는 아들의 인생네컷을 한참 물끄러미 바라보았다. 저 옆자리를 엄마와 아빠와 형이 채워주는 것으로 적당히 만족할 수 있었던 때도 있었지만 이제는 아니다. 친구가 아니라면 차라리 혼자를 선택할 만큼 아이는 훌쩍 자라버렸다.

아이는 가족도 친구도 아닌 5호선과 친구가 되기로 결심한 듯했다. 놀자고 해놓고 온데간데없이 연락을 두절하거나, 선심 쓰듯 놀아준다는 이유로 모든 비용을 덮어씌우던 속이 빤한 중학생들에 비하면 5호선은 얼마나 성실하고 정직한가. 기다리면 어김없이 도착했고, 마음먹기에 따라 재미있는 일들이 펼쳐질 가능성도 무한했다. 외로움 하나만 견디면 되는 일이었다. 가장 견디기 어려운 고통이 외로움이라는 걸 알지만 아이를 믿어보기로 했다. 머리로는 믿어보기로 했고, 마음은 한없이 가라앉았다. 다른 방법은 없었다.

홀로 세상으로 발을 딛어보기로 한 중학생 아들이 5호선에 오르기 시작하면서 엄마의 일상에도 수채화처럼 은은한 변화가 번지기 시작했다. 5호선을 궁금해하기 시작한 것이다. 지하철에 관심도 없던 사람이었고, 노안이 임박한 마흔 넘은 나이에 지하철 노선도를 펼칠 줄이야.

잠시 5호선을 살펴보자. 거미줄처럼 촘촘하게 연결된 수도권의 여러 노선 중에서도 5호선은 크게 주목받은 적이 없었고, 수도권 전체로 보자면 강남을 관통하지 못한 채 동쪽에서 북쪽으로 빙 돌아 서쪽에 닿는 특징 때문에 '반쪽짜리 전철'이라는 별명을 가졌다. 어떤가, 내 아들의 친구라는데 반쪽이든 금쪽이든 중하지 않다. 반쪽이라 만만하니 오히려 좋다.

입지 따지고 집값 따지는 투자자들의 관심과 동떨어진 5호선이긴 하지만, 새삼 들여다보니 5호선에는 광화문도 있고 종로도 있다. 멀리는 방송국과 김포공항이 있고, 가까이는 올림픽공원도 보인다. 이거면 됐다. 충분하다. 회사원, 대학생들로 붐비고 소란스럽고 주목받는 환승역들에 비하면 아들의 다정한 친구로 더할 나위가 없다. 그렇게 5호선 덕분에 세상 여행을 시작한 아이는 지하철에 오르는 횟수가 점점 더 잦아지고 목표지는 멀어지는가 싶더니 끝내 몇 번을 갈아타 멀고 먼 수원 스타필드에 입장하기에 이른 것이다.

아이는 결정했고, 실천에 옮겼다.
이제 남은 건 엄마인 나의 선택이다.

외로운 아이의 엄마로 살아간다는 건, 친구들과 어울려 성장하는 보통 아이의 부모가 짐작하기 어려운 낯선 일상을 눈물을 꾹 참으면서 받아들인다는 의미이기도 하다. 그 먼 길을 혼자 다녀온 아이를 보고 있으면 저것이 말은 안 해도 오가는 길이 얼마나 외롭고 서글펐을까를 묵상하게 되고 가슴이 아려온다. 하지만 내 마음이 아프다는 이유로 5호선 나들이를 중단시킬 것인지, 혼자서도 씩씩하게 쏘다니다 온 아이에게 유쾌한 엄지를 들어 보이며 다음 행선지를 궁금해할 것인지는 엄마의 선택이다.

느리고 특별한 아이지만 언젠가는 세상을 향해 내보낼 준비를 해야 한다고 예상은 했었다. 실은 이놈의 파파라치 노릇도 지긋지긋하고 힘이 들어 제발 하루라도 빨리 그날이 오기를 간절히 바랐었다. 다만 그게 오늘일 줄은 예상치 못했던지라 고민이 깊었다. 자기 자신과 친구되기를 선택한 아이의 결정을 지지하고 응원할 것인가, 이제라도 억지 친구라도 만들고 붙여주기 위해 한 번 더 개입해볼 것인가. 정답은 하나였다. 실은 나는 이미 선택한 거였다.

다정한 관찰자. 나는 아이의 다정한 관찰자가 되기로 결심했었다. 맥락을 이어가자면 아이의 5호선을 지지하고 응원하는 것이 다정한 관찰자가 할 수 있는 유일한 선택이다. 이제 아이의 일상은 더욱 본격적으로 5호선과 함께일 것이다. 서울의 동쪽 끝에서 5호선을 타고 북으로 북으로 올라가다 보면 온갖 노선을 만나게 된다. 시작은 인적이 드문 5호선의 어느 작은 역일지언정 몇 호선의 어느 역에 내릴지는 주말 아침의 아이가 골똘히 결정할 것이다.

아이에게 외롭지 않냐고 엄마가 같이 가주길 원하냐고 묻는 대신, 자유롭고 씩씩한 모습이 정말 멋지다며 엄지를 들어주는 엄마가 되기로 했다. 전철로 닿을 만한 수도권의 맛집과 핫플레이스를 발견할 때마다 아이에게 공유해주고, 혼밥을 위한 체크카드를 넉넉히 채워주고, 가끔이겠지만 동행을 허락해준다면 허겁지겁 비비크림을 찍어 바르고 따라나서는 다정한 관찰자가 되기로 했으니까 말이다.

대부분 사람에게 당연하게 허락되는 평생의 좋은 친구, 죽이 잘 맞는 배우자를 나의 둘째는 끝내 갖지 못할 수도 있겠다는 생각이 들 때면 빨래를 널다가도 눈물이 쏟아진다. 그럴 때마다 내가 할 수 있는 건 꼬리를 무는 부정적인 생각들이 적당한 선에서 중단되도록 생각을 전환하는 일이다. 빠른 아이든 느린 아이든, 용감한 아이든 겁 많은 아이든, 아이는 결국 자신만의 힘으로 오롯이 삶을 개척하고 살아나가야 한다. 그렇다면 그 힘을 기르는 성장기 동안 안전하고 단단한 시간을 차곡차곡 쌓아가도록 돕는 것이 엄마의 과업이겠다. 그 힘겨운 과업을 완수하려면 나는 꼬리를 무는 생각들을 멈춰야 한다.

사회를 구성하는 한 사람으로서 자신의 몫을 감당하며 묵묵히 살아가다 보면 언젠가는 가슴이 따스한 사람들과 만나 투명 인간이 아닌 한 사람으로서의 존재감을 갖게 될 거라 기대해본다. 실로 대단한 결심은 아니다. 다른 선택지가 없으니 말이다.

여기까지 쓰고 마무리하려던 중, 전화가 울린다.

"응, 어디야?"
"엄마, 나 지금 강남역인데, 방금 닭갈비를 먹었거든."
"그래, 잘했네. 이제 뭐 하려고?"
"엄마."
"응?"
"나 부탁이 있어."

부탁의 등장에 숨을 한 번 고른다. 강남역에 혼자 나가 닭갈비를 먹은 아이는 엄마에게 불쑥 전화를 걸어 어떤 부탁을 할까?

"엄마, 나 밥 하나만 볶아도 될까?"

참았던 숨을 뱉는다. 아무리 종종 겪던 일이라 해도 호흡은 뜻대로 되질 않는다. 평소 아이의 체중 조절 때문에 과식에 관해서는 주의하는 편인지라 본인도 볶음밥 추가는 양심에 걸렸나 보다. 언제 또 강남역까지 간 걸까. 거긴 2호선이라고, 이 5호선의 남자야. 철판 닭갈비는 혼밥 중에서도 난이도 상에 속하는 메뉴인데, 나도 아직 못해본 그걸 해내다니. 낡은 원고를 고치고 또 고치느라 오전 내내 모니터에 시달렸던 지친 눈이 흐려진다.

나와 남편이 훌쩍 세상을 떠난 뒤 이놈이 덩그러니 남아 하나뿐인 착한 형의 등골을 두고두고 빼먹을까 걱정스러워 마라톤이다 뭐다 건강 관리에 호들갑을 떠는 중인데, 2호선으로 환승해 그 복잡한 강남역에서 닭갈비를 시켜 먹은 것도 모자라 밥을 비벼야 성이 차겠다는 중학생이라면 내가 그렇게까지 오래 살지 않아도 괜찮겠다. 죽어도 여한이 없겠다는 말은 이럴 때 쓰는가 보다.

"그럼그럼, 볶음밥 하나 오케이!"

이모님,
거기 중학생 혼자 닭갈비 싹싹 비운 테이블에 볶음밥
열 개 볶아주세요!

◠

가장 견디기 어려운 고통이 외로움이라는 걸 알지만 아
이를 믿어보기로 했다. 머리로는 믿어보기로 했고, 마음
은 한없이 가라앉았다. 다른 방법은 없었다.

2장

"옆집 애를 죽여줘"

비교 중단

옆집 애를 죽여줘. 그 엄마는 죽이지 마, ＿＿＿
단원평가 점수를 못 물어봤거든

운 좋게 마술램프를 발견한 농부가 있었다. 램프를 문지
르자 램프 속 지니가 나타나 소원을 말하라고 했다.

"옆집에 젖소가 있는데 온 가족을 다 먹이고도 남을 만
큼 우유를 생산했어요. 옆집 사람들은 남은 우유를 팔아
큰 부자가 됐죠."

농부의 얘기를 듣던 지니가 "옆집처럼 우유가 잘 나오는
젖소를 구해드릴까요?"라고 말했다.

농부가 대답했다.

"아니, 옆집 젖소를 죽여줘!"

- 러시아 민화 중

연년생 두 아들이 3학년, 4학년이던 여름, 끝내 사직서를 냈다. 매일같이 따돌림에 시달리던 둘째는 극심한 소아 우울증 진단을 받았고, 엄마인 나는 물러설 곳이 없었다. 아이를 지켜야 했다. 애가 그 꼴이 되도록 직장 일에만 정신이 팔려 있던 엄마라는 죄책감 때문일까. 결국 내 낡은 우울증도 재발했다. 애 약 받으러 간 병원에서 내 약까지 받아와야 했다. 여기가 지옥이구나. 떠나자. 어디든 여기보다 못할까.

그런 몹시 충동적인 마음으로 신청한 미국 비자는 보기 좋게 거절당했고, 어디가 됐든 떠나고 싶은 절박함 하나로 급하게 물색한 끝에 아는 이 하나 없는 캐나다행 비행기에 캐리어 네 개와 네 식구를 실었다. 착하고 멀쩡한 애를 우울증 환자로 만들어버린 차갑고 심술궂은 이놈의 동네를 떠나기만 하면 말 한마디 안 통하는 어느 나라의 좁고 허름한 식당에서 종일 양파와 대파를 썰어도 행복할 것만 같았다. 착각은 쉬이 끝났다.

쌀쌀한 초봄의 어느 날, 허름한 배낭을 둘러멘 채 아들 둘의 손을 꼭 잡은 한국인 부부는 온몸을 땀으로 적신 끝에 간신히 캐나다라는 나라에 입국했다. 입국만 했을 뿐이지 그때부터 말 그대로 첩첩산중이었다. 급하게 결정한 외국행인지라, 하나부터 열까지 제대로 돌아가는 게 없었다. 그럼 그렇지, 한국 엄마들은 그 멀고 낯선 땅에서도 귀신같이 학군지를 찾아내더니, 그 지역의 월세를 맹렬히 올려놓고 있었다. 우리가 어떤 민족입니까.

제대로 알아보지 않고 정착한 탓에 학군지는커녕 그 근처도 가질 못했다. 천문학적인 학비(아이 한 명에 일 년에 일천오백만 원)를 갖다 내고서야 현지 아이들도 선호하지 않는 지역 중에서도 외곽의 작고 낡은 학교에 가까스로 배정받았다. 내 원 참, 더러워서 진짜.

작은 시골 학교는 뜻밖의 좋은 점이 있었다. 학교를 통틀어 한국 학생을 찾기 어려웠던 것이다. 딱 한 명이 더 있었는데, 이제 막 입학한 꼬맹이였으니 이건 뭐 없는 거나 진배없다. 같은 반에 한국말을 하는 친구가 한 명이라도 있기를 바랐던 두 아들의 기도는 이루어지지 않았지만, 어쩔 수 없이 영어만 쓰게 된 덕분에 등교해서 숨만 쉬어도 영어가 늘기를 바랐던 내 기도는 정확하게 응답받았다.

이렇게 재깍 들어주실 거였으면 우리 막내가 학교에서 따돌림당할 때 진작 좀 도와주시지. 기도 응답의 총량이 존재하는가 싶기도 하다. 하나님도 여러 업무로 바쁘신 탓에 모든 이의 모든 기도에 즉각 응답하기 곤란한 사정 정도는 이해해드리도록 하자. 하나님도 나의 성의없는 식사 기도를 매일 이해해주고 계시니 말이다.

영어학원 한번 가본 적 없던 아이들인지라 노란 머리 친구들로 가득한 교실은 고난의 연속이었다. 첫 한 달은 크고 무거운 먹구름을 온몸에 얹고 다녔다. 오직 엄마 욕심 하나 때문에 낯선 외국 동네로 끌려온 아이들은 내내 숨도 제대로 못 쉬고 눈치를 보다가, 길고 긴 학교 수업이 끝나면 도망치듯 빠져나와 숨을 뱉었다. 그러고는 종일 삼켜 차곡차곡 쌓아두었던 한국어를 쏟아내며 간신히 웃어 보였다. 정신 나간 엄마가 지금 이 아이들에게 무슨 짓을 하는 걸까.

그런데 그곳에는 전혀 예상치 못한 매력적인 상황이 기다리고 있었다. 내게 뜻밖의 자유가 주어진 것이다. 애들이 학교에 간 사이에 커피를 홀짝이는 자유시간이라면 한국에서도 누려봤다. 그런 종류의 한가한 자유가 아니다. 그곳에서 내가 얻은 자유는 마음의 평화였다. 한국인이 없는 그곳은 내 아이와의 비교 대상이 없다는 뜻이었고, 그것은 곧 천국을 의미했다.

만약 아이와 같은 반 교실에 한국 아이가 단 한 명이라도 있었다면 나는 필시 몹시 부지런히 그 아이를 탐색했을 것이다. 그 엄마를 수소문해 아이들을 같이 놀게 하고, 그러면서 슬쩍 이곳에 온 지는 얼마나 되었는지, 한국의 어느 학군지에서 왔는지, 학교 수업은 잘 따라가는 중인지, 교실에서 친하게 지내는 현지 아이들은 얼마나 되는지, 현지인 친구의 집에 초대받아 놀러 가본 적은 있는지, 방과 후에는 어느 학원에서 뭘 배우는지, 국어와 수학은 집에서 따로 어떻게 해주고 있는지, 영어는 도대체 언제부터 느는지를 다급하면서도 상세하게 궁금해했을 것이 틀림없다. 나는 한국에서도 그러느라 바빴다. 깊은 우울증의 무기력한 엄마가 이런 식의 궁금증까지 해소하려니 일상이 얼마나 산만하고 뒤죽박죽이었을지 짐작이 가지 않는가.

나만 그랬을까. 우리 동네 엄마들은 다 나처럼 바빴다. 우리 동네만 그랬을까. 나 같은 종류의 엄마들은 놀이터에서든 직장에서든 내 아이 주변의 또래에게 안테나를 세우고 데이터 수집에 열을 낸다. 아이가 95점 시험지를 들고 들어오면 어떤 문제를 맞고 틀렸는지보다 그 반에 100점 받은 애가 있는지 궁금해하고, 모처럼 100점을 받아 돌아오면 100점 받은 애가 몇 명이 더 있는지 묻고 답을 들어야 속이 시원해진다. 100점짜리 시험지를 흔들며 달려온 기특한 아이에게서 100점이 여덟 명이라는 얘기를 듣는 순간 엄마의 표정은 차갑게 식는다. 우리는 정말 어떤 민족입니까.

나로 말할 것 같으면 이미 아이의 유치원, 초등 시절부터 전체 평균은 물론 상위 10프로의 평균과 표준 편차를 철저히 자기 주도적으로 분석해온 사람이다. 점수 자체가 아니라, 이 점수가 전체 중 어느 수준에 속하는지를 훨씬 더 궁금해했다. 초등교사라는 직업을 겨우 이런 작업에 알뜰하게 활용했다. 그냥 잘하는 것 말고, 또래에 비해 잘하는 게 중요하다는 걸 매우 잘 아는 사람이었다. 잘났어, 정말.

그때의 나만 그럴까. 영어유치원(정식명칭 유아대상 영어학원) 열풍을 주도하는 엄마들의 심리 역시 '영어유치원에 다니는 아이들이 많아지고 있다'는 데이터와 그렇다면 '또래보다 처지지는 말아야 한다'라는 욕망이 주요 골자다. 5세, 6세, 7세에 접어든 어린이가 아무리 뒤집어봐도 딱 한 명밖에 없는 어느 마을이 있다고 치자. 이 마을에는 일반 유치원과 영어유치원이라는 두 가지 선택권이 있는데 만약 내 아이가 영어유치원을 거부한다면, 엄마는 어떤 선택을 할까? 그래도 묻지도 따지지도 않고 영어유치원을 외칠까? 원어민 수준의 유창한 발음을 뽐

내는 아이를 한 번도 본 적이 없다면 영어는 싫다고 울며 불며 애원하는 아이를 기어이 영어유치원에 밀어 넣었을까? 지금은 아니지만 언젠가 영어를 제대로 배울 기회가 오겠지 하는 평범한 희망을 품고 아이의 뜻을 존중하지 않았을까?

반대로 거의 모든 아이가 영어유치원을 다니며 스피킹과 라이팅의 레벨을 가열차게 올리는 어느 동네에서 오직 내 아이만 영어를 거부하며 버티는 중이라면 엄마는 어떤 선택을 하게 될까? 과연 온화하고 상냥한 표정으로 "그래, 네 뜻이 정 그렇다면 어쩔 수 없지 뭐."라고 의연하게 말할 수 있을까? 과장이 아니다.

소문난 영어유치원의 5세반 입학을 위해 4세 가을부터 테스트를 대비한 과외 수업을 시작한다는 이야기는 드라마 속 꾸며낸 이야기가 아니었다. 영어유치원을 선택하지 않으려면 왜 똘똘한 애를 놀게 하느냐는 주변의 질문을 각오해야 할 만큼, 분위기에 내몰린 방향 잃은 경쟁이 빠르고 강하게 확산하고 있다. 주변에 그런 아이가 하나둘 늘어가는데, 왜 일반유치원에 보내는 거냐는 주변의 질문에 뭐라도 답을 내놓아야 하는데, 그 어떤 심지 굳은 엄마가 알파벳도 모른 채 마냥 해맑은 아이를 그저 사랑스럽고 감사한 마음으로 바라볼 수 있을까?

그런 이유로 나는 캐나다의 한 외곽에서 엄마가 된 이후 처음으로 진정한 자유와 평화를 얻게 되었다. 아이 주변의 친구들을 탐색하느라 밤잠 설치던 나는 그 치열한 필드를 떠나자 일시 정지 버튼이 눌린 듯 한가롭고 평화로워졌다. 몹시 느리고 둔하게 학교생활을 하는 아이들을 지켜보면서도 한 번도 채근하거나 조급해하지 않았다.

그 짧은 몇 달간, 애가 힘들다면 힘든 것이었고, 싫다면 싫은 거였다. 이제 좀 다닐 만하다는 말이 고맙고 기특해 둥실 떠올랐고, 몇 마디라도 알아듣고 온 듯한 하굣길에는 맥도날드에 들르기도 했다. 당시 우리 생활비에서 맥도날드는 축제였다. 차마 숫자대로 버거를 주문할 순 없어 점심을 늦게 먹었다고 둘러대고는 케첩을 잔뜩

찍은 감자튀김으로 허전한 속을 달랬지만, 비교할 한국 아이가 없는 천국에서는 감자튀김만으로도 서글프지 않았다.

나는 퍽 우아하고 인내심 강하면서도 아이의 마음을 헤아려주는 지혜로운 엄마가 된 것 같았다. 이런 엄마가 세상에 어디 있느냐며 온갖 잘난 척을 떨었다. 이대로 아이들은 천천히 자신만의 속도로 성장하고, 나는 언제까지나 아이들의 성장을 기다려주고 응원해주는 현숙한 엄마 놀이를 계속할 수 있을 것만 같았다. 살다보니 내게도 이런 날이 온 거다.

천국이라는 캐나다에서 이런 이유로 천국을 맛볼 줄이야. 그러나 평화는 오래가지 않았다.

∞

한국인이 없는 그곳은 내 아이와의 비교 대상이 없다는 뜻이었고, 그것은 곧 천국을 의미했다.

"옆집 애를 죽여줘"

집을 팔아 간 캐나다에서 _____
내가 느낀 것들

   그럼 그렇지, 결국 눈이 돌아버렸다. 사람은 쉽게 변하지 않는다. 그런 나의 실체와 본성이 드러나버린 건 여름방학이 지나고 난 새 학기 첫 날이었다.

   캐나다에서는 5학년 1학기 이후에 초등학교를 졸업하고 5학년 2학기가 곧 중학교 첫 학기가 된다는 사실을 여름방학이 닥치고 나서야 알았다. 딱 두 학기만 머물다 돌아가려는 계획이었는데 두 학기가 아니라 두 학교에 다니게 되었고, 한국이었다면 겨우 5학년이었을 아이는 중학생이 되었다. 기가 막혔다. 미리 알았다고 한들 뾰족한 수는 없었겠지만 전 재산인 집을 팔아 캐나다행 티켓을 끊고 이백만 원짜리 월세를 얻을 정도의 호기로움이었다면 이 정도는 체크하고 왔어야 하는 거 아닌가. 죽고 사는 문제는 아니니 넘어가기로 하자. 남편의 짓이었다면 결코 용서는 없었겠지만 제발 좀 넘어가자.

그렇게 얼결에 중학생 학부모가 되고 찬찬히 살펴보니, 중학교는 초등학교와는 사정이 좀 달랐다. 근처의 여러 초등학교 졸업생이 모인 제법 규모가 있는 중학교인지라 같은 학년의 한국 학생 서넛이 감지된 것이다. 그간 비교할 대상이 없어 다소 권태로운 일상을 보내던 한국 어미의 눈에 검은 머리 아이들이 들어오기 시작했다.

중학교 입학식, 나는 눈을 양옆으로 찢은 채 한국 아이들의 동태를 섬세하게 살피느라 바쁜 나머지 내 아들 사진 한 장을 변변히 못 찍었다. 유창한 영어 실력과 적극적인 성격으로 믿기 어려울 정도의 적응 속도를 장착한 대문자 E(외향형) 성향의 한국 아이들이 온 학교를 들쑤시고 있었다. 도대체 임신했을 때 뭘 먹어야 저런 아이를 낳을 수 있는 걸까? I(내향형)인 엄마가 I인 아이 때문에 속이 뒤집어진다.

그날, 캐나다살이 6개월 차 한국 아주머니의 지옥이 시작됐다. 엄마의 지옥은 아이들의 지옥이면서 모두의 지옥이다. 입을 꾹 다물고 어색한 표정으로 운동장 구석을 지키는 아들을 못마땅한 표정으로 주시하던 한국 아주머니의 눈에서 레이저가 발사되기 시작했다. 한동안 쏜 적이 없었음에도 그간의 공백이 전혀 느껴지지 않았다. 프로는 괜히 프로가 아니다.

입학식 이후 아이는 '한국에서 온 걔들'의 근황을 묻는 엄마에게 들볶임을 당하기 시작했다. 아이는 참다못해 그만 좀 하라고 덤벼보기도 했지만 한번 찢어진 엄마의 눈은 좀체 복구되지 않았다. 엄마에게 시달리던 아들은 '한국에서 온 걔들'이 갑작스러운 사정으로 당초의 계획을 변경하고 한국으로 돌아가게 해달라고 기도했을지 모르겠다. 하지만 여전히 격무에 시달리시는 하나님은 이번에도 아들의 기도를 누락시키신 모양이다. '한국에서 온 걔들'은 아이의 마지막 등교일까지도 온 학교를 누비고 있었고, 나는 그날까지도 걔들을 쳐다보느라 좀 바빴다.

네 식구의 캐나다 체험기는 이쯤에서 마무리된다. 장애인의 천국이라는 말에 정착을 목표로 출발했던 캐나다행이었다. 하지만 그곳에서 우리는 철저히 이방인이면서 장애아의 가족이기까지 한 초라한 무리일 뿐이었다. 현지인들의 눈총과 추운 날씨까지 견뎌낼 자신이 없음을 일 년이라는 시간을 들여서야 깨달았다. 아이 때문에 우리 부부의 남은 인생을 희생할 정도로 대단한 모성애와 부성애는 가지지 못했다는 다소 슬프지만 매우 중요한 사실을 확인한 우리는 미련 없이 한국행 비행기에 몸을 실을 수 있었다.

한국에 돌아가면 중국집 주방장이 바로 만들어 내어 온 간짜장을 먹을 수 있다. 짜파게티 아니고, 진짜 간짜장이다.

"옆집 애를 죽어줘"

∞

그날, 캐나다살이 6개월 차 한국 아주머니의 지옥이 시작됐다. 엄마의 지옥은 아이들의 지옥이면서 모두의 지옥이다.

"너는 왜 기어이 아들을 _____
서울대에 보내려고 하는 거야?"

    캐나다에서 돌아갔던 눈은 최근까지도 변함없이 돌아가고 있다. 가장 최근에 눈이 돌았던 건 큰아이가 고등학교 입학을 준비하던 불과 몇 달 전이었다. 입학을 앞두고 한 학원의 수학 레벨 테스트에 응시했다. 이 테스트는 같은 고등학교에 합격하여 앞으로 삼 년간 내신 등급을 놓고 치열한 경쟁을 하게 될 학생들만을 대상으로 한다는 점에서 묵직한 의미가 있었다.

    이 테스트가 가진 또 하나의 의미는 첫 중간고사 수학

1등급의 가능성이 있어 보이는 학생을 선발한 후, '○○고 1등급 전원 배출'이라는 놀라운 성과를 내어 해당 강사의 경력을 만들려는 목적으로 기획되었다는 점이다. 합격한다면 입학 이후 1등급을 기대해볼 수 있다는 점과 선발된 아이들을 위한 강사의 개인적인 헌신과 노력이 예상된다는 점도 몹시 매력적이었다.

출생 이후부터 중학생까지는 아이의 성적이 부모 혹은 기껏해야 조부모 정도의 기쁨이었다면, 고등학생 아이의 성적과 합격은 학원 선생님의 자랑이자 기쁨이 되기도 한다. 아이를 키우다 보면 부모와 학원 선생님이 돈독하게 한편을 먹는 시점이 오는데, 내 경우엔 이날이 그날이었다.

시험의 성격을 조금 더 깊이 분석해보자. 여러 정황으로 봤을 때, 이 시험의 결과는 대략적인 첫 중간고사 수학 등급을 점쳐볼 만한, 나름대로 그 판에서는 신뢰도 높은 테스트였다. 하지만 진심으로 나는 일말의 기대도 없었다. 아직 수학 성적이 잘 나올 리 없다는 건 아이도 나도 알고 있었다. 그런 아이를 군이 설득해 응시했던 이유는 불합격한 학생에게도 일일이 전화를 돌려 테스트 결과를 바탕으로 한 상담의 기회를 제공해준다는 점 때문이었다. 웬 떡인가.

게다가 강사의 자발적인 의지에 의해 기획된 시험인 만큼, 레벨 테스트에 따른 비용도 없었다. 아이도 나도 안 볼 이유가 없었다. (더 간절한 건 나였지만, 아이도 동의했으니 함께 결정한 거라고 치자) 테스트가 있는 날이면 소고기를 굽는다. 두 다리 말짱한 놈을 군이 학원까지 차로 모셔다 드리는 간사함은 어느덧 내 기본값이 되었다. 이젠 뭐 민망하지도 않다. 뻔뻔함의 끝은 어디일까. 합격은 중요하지 않으니 아는 문제만 실수 없이 잘 풀고 와, 상냥하게 말하고 내려주었다. 실로 합격은 매우 중요한 것이라는 말이 목구멍 가득 차올랐지만.

그랬는데, 뜻밖에 합격이란다. 수십 명의 응시생 중 단 네 명을 선발했다는데, 그걸 뚫었단다. 눈이 돌았다. 이 상황에서 눈이 돌지 않는 게 가능한지는 다시 생각해

"옆집 애를 죽여줘"

도 모르겠다. 꾸준히 자신 있어 한 영어였다면 이렇게까지 눈이 빠르게 돌았을지를 묵상해봤다. (나는 일상이 주로 묵상이다) 그 순간 눈이 돌았던 건, 전혀 기대하지 않았던 영역에서 예상을 뛰어넘는 결과를 보여줬기 때문이다.

"어머, 선생님, 저희는 정말 정말 정말로 그저 상담받고 싶어서 응시한 거였는데, 어머, 어떡해. 좋은 소식 전해주셔서 정말 감사해요!"

재수 없기로 이보다 더할 수 있을까. 겸손과 교양을 가장한 잘난 척으로 전화를 끊었다. 나란 여자의 머릿속에서 한 편의 단편 소설 시놉시스가 매끄럽게 완성됐다. 서울대 의대 수시 합격자를 매년 꼬박 두 명씩 배출하는 학교 아닌가. 중간고사 수학 1등급일 가능성이 다분한 네 명의 아이가 선발됐는데, 그렇다면 이 넷 중에 둘이 그 주인공 아니겠는가. 확률은 반반. 쉽지는 않겠지만 못할 것도 없다. 넷 중 둘은 서울대 가고, 둘은 연세대를 가는 것도 괜찮은 그림이겠다. 무심한 듯 겸손하게 인스타그램 피드에 아들의 서울대 합격 소식을 전하는 멘트의 초안도 바로 나왔다. 축하한다는 댓글을 상상하며 히죽거린다. 눈이 돈 게 아니라 그냥 돌았다.

한 며칠, 구름 위를 다녔다. 찬밥을 먹어도 속이 뜨셨다. 그런데, 그럼 그렇지, 그럴 리가 있나.

수포자였던 내 새끼가 어쩐 일인가 했는데, 역시 아니었다. 수포자 엄마의 돌아가버린 눈이 겸손하게 제자리를 찾기까지는 일주일이 채 걸리지 않았다. 입반 테스트에 합격해 우쭐하던 아이는 개강 후 매 수업마다 기록적인 낮은 점수를 갱신하며 지난 입반 테스트의 신뢰도가 형편없었음을 굳이 증명하기 시작했다.

연일 바닥을 치는 성적을 확인하고 문자 창을 닫는 씁쓸한 심정은 겪어보지 않으면 모른다. 결혼까지 생각했던 남자에게 갑작스러운 이별 통보를 받은 적이 있었는데 그때 심정과 매우 흡사했다. 세상에 버림받은 듯한 심정의 아주머니는 허한 마음을 달래기 위해 커피믹스를 두 봉지씩 타 먹고 두 시간 넘게 유튜브 숏츠를 넘겨가며 현실을 잊기 위해 애를 썼다.

　돌아갔던 눈이 돌아온 건 어찌 되었든 몹시 감사하고 다행스러운 일이 아닐 수 없다. 하지만 그렇다고 해서 눈이 완벽하게 돌아온 건 아니다. 욕망으로 가득한 이 여성은 아들이 비록 고등학교 첫 시험에서는 주춤했으나 끝내 수능 수학에서 홈런을 날리는 기적의 주인공이 될 거라는 기대를 고요히 품고 있다. 이런 속내는 어디에도 말할 수 없지만.

　실은 예전에 이 일로 한 소리 들은 적이 있었다, 좀처럼 딴지를 걸지 않는 온화한 성품의 오랜 친구에게. 우리는 같은 나이의 첫째를 키우는 사이인지라 서로의 공부 진척 상황에 관심을 끊고 싶어도 도무지 무관심하기가 어려운 형편이다. 평생의 한이다. 내가 조금 서둘렀거나 그 친구가 게을렀다면 동갑내기를 키우는 불운은 피해 갈 수 있었을 텐데. 오래 지켜본 바, 대부분의 사달은 동갑인 관계에서 벌어진다.

"너는 왜 기어이 아들을 서울대에 보내려고 하는 거야? 서울대에 간다고 애 인생이 행복해지는 것도 아닌데, 뭘 그렇게까지 애를 쓰는 거야?"

영 틀린 얘기는 아니지만 좀 억울했다. 서울대에 보내려고 용쓰는 중임을 들킨 민망함 때문도 아니고, 서울대 보낼 욕망이 없는데 오해를 받아 억울해서도 아니었다. 자주 만나 근황을 나누는 오랜 친구의 눈에는 내가 그저 '아들을 서울대에 보내고 싶어서 무지하게 용쓰는 욕심 많은 엄마'쯤으로 보였다는 게 슬프고 한편으론 좀 억울했다. 그러는 너는 안 그럴 것 같냐.

그 송곳 같은 질문을 받았던 즈음은 첫째 아이가 이제 막 공부에 욕심을 내기 시작한 중학교 1학년 때였다. 애가 공부에 욕심을 내기 시작하면 엄마는 눈이 돈다. 어느 집 아이가 먼저 욕심을 내기 시작하느냐에 따라 엄마들의 온도 차가 날 수밖에 없다. 애는 공부에 관심 따위 없는데 순전히 엄마 욕심에 눈이 돌아 날뛰는 것과는 또 다른 상황이다.

"옆집 애를 죽여줘"

나란히 같은 해에 아이를 낳아 중학교 1학년을 기르는 중인 우리. 친구의 아들은 아직 공부할 마음이 생기기 전이다 보니 내 친구는 욕심 없고 자유분방한 우아함을 과시했다. '굳이 서울대 가서 뭐하겠니, 대기업 들어가서 야근하다 늙어 죽겠지. 그런 인생 너무 불행한 거 아니야?'라는 논리의 그녀에게 나는 아이를 서울대에 보내려고 무리하게 공부를 강요하고 아이를 불행하게 만드는 엄마로 보였을 것이다. 실제 그런지 아닌지보다 남들이 나를 어떻게 생각하고 보는지를 지나치게 크게 의식하는 성격인지라 이런 내가 좀 싫다. 어쨌거나.

이후로 한동안 그 친구를 만날 때면 위축되었던 것이 사실이다. 아이의 근황을 추측해볼 만한 공부나 학원에 관한 이야기는 어떻게든 피하려고 도망 다녔고, 그러기 위해서 최근에 봤던 드라마나 유튜브 영상에 관해 얘기하며 입시에 관심 없는 척, 연연하지 않는 척을 했다. 대화가 겉도는 게 느껴졌지만 어쩔 수 없었다. 친구에게 눈 돌아간 극성스럽고 욕심 많은 여자로 보이긴 싫었다.

그러던 우리가 불과 한 학기 만에 하나가 되었다. 내가 기다려온 순간이 바로 지금이라는 걸 직감했다. 친구 아들이 중학교 2학년에 들어서며 전에 없이 공부 욕심을 내기 시작했고, 그런 아들을 신기하고 기특하게 바라보던 친구의 눈이 드디어 돌아버린 것이다. 그래 봐야 한 학기 먼저 눈이 돌아간 선배지만 먼저 돌아간 엄마는 이제 막 눈이 돌기 시작한 엄마의 냄새를 기가 막히게 맡는다. 이런 식의 음흉하기 짝이 없는 마음의 소리를 내면서 말이다.

'너, 나한테 뭐라고 했었는지 기억하냐? 그때 내 눈빛이 지금 네 눈빛인 거 모르지?'

열심히 해도 성적이 오르지 않아 안달하는 아들이 안타까워진 친구는 전에 없이 이것저것 물어오기 시작했다. 수학은 지금 뭘 해야 하냐, 독서실을 보내는 게 낫냐, 영어는 지금 문법인 거냐, 어휘인 거냐. 질문은 갈수록 디테일해졌고, 서울대 보내려고 눈이 돌아 용을 쓰던 엄마는 자연스럽게 '정보 많은 든든한 친구'로 이미지 세탁에 성공했다. 눈물겨운 이야기가 아닐 수 없다. 그렇게 함께 눈이 돈 두 엄마는 어쩌다 한 번씩 만날 때면 그간 쌓아올린 정보를 교환하며 우정을 다진다.

합격의 기쁨에 쿵쾅거렸던 심장을 붙들고 떨리는 손으로 수강료 결제 버튼을 눌렀던 애증의 수학 수업은 오늘이 마지막이고, 며칠 후면 고등학교 입학이다. 병아리 고등맘은 빳빳한 교복의 바지 단을 수선하고, 실내화를 챙기고, 휴가 나온 군인이라 해도 믿을 덩치의 두 아이를 이끌고 치과와 안과를 순례하며 잠시 돌아갔던 눈을 바로 떠본다.

언제 또 얼마나 돌아갈지는 닥쳐봐야 알겠다.

♡

"너는 왜 기어이 아들을 서울대에 보내려고 하는 거야? 서울대에 간다고 애 인생이 행복해지는 것도 아닌데, 뭘 그렇게까지 애를 쓰는 거야?"

중학생이 중학생답다는 이유로 _____
칭찬을 보낸다

큰아이가 중학생이던 시절, 반에 1등을 두고 경쟁하던 친구가 있었다. 시험 기간이면 본인 점수만큼이나 서로의 점수를 과목별로 섬세하게 궁금해하는 사이, 누구나 그 시절 한 번쯤 겪어본 적 있는 하늘이 보낸 숙명의 라이벌이랄까, 가시처럼 거슬리는 상대랄까, 하여튼 그런 존재. 그 애는 1학기 반장, 우리 애가 2학기 반장이었으니 한 번도 들어가본 적 없는 교실이지만 그 분위기는 대략 눈에 선하다.

"옆집 애를 죽어줘"

시험은 잦았다. 중간고사 두 번에 기말고사가 두 번, 수행평가는 과목마다 줄줄이 곶감이었다. 평가마다 빠짐없이 챙겨가며 엎치락뒤치락하는 이 둘을 지켜보면서 나는 당사자들 못지않게 흥분하고 긴장했다. 하여간 극성스러운 아줌마다. 스무 명 남짓 모아놓은 교실에서 운이 좋아 1등을 하거나 미끄러져 2등을 한들 그게 이 아이들의 인생에 무슨 대단한 의미를 줄 거라고 점치며 신경을 곤두세웠던 건 아니다. 지금 받아오는 성적은 지나고 나면 기억도 못 할 점수라는 걸 누구보다 잘 알았다. 하지만 아는 것과 궁금한 건 완전히 다른 얘기라는 걸 알지 않는가. 톱스타 두 사람이 헤어진들 다시 만난들 나와는 상관없다는 걸 알지만 궁금해하는 건 별개의 문제이듯 말이다.

지금껏 나란 여자의 인생은 끓어오르는 궁금함을 참지 못해 굳이 했던 행동들의 연속이었다. 궁금한 걸 참아야 하는 순간이 고통스럽게 느껴질 만큼 호기심 충만한 성격은 나를 부지런하게 만들었다. 유튜브며 강의며 일하러 다니는 중에도 참으로 부지런하게 그 아이의 근황

을 살폈다. 그 아이의 점수를 진심으로 궁금해하는 사람
이 세상에 오직 둘 있다면 1위는 그 집 엄마겠지만 2위는
그 집 아빠가 아니라 나였을 것이다. 그 엄마도 우리 집
의 근황을 이토록 애타게 궁금해했을까?

  그 아이의 목표는 의대라고 했다. 세상이 어찌 되려
는지 공부 좀 한다는 중학생치고 의대 타령 안 하는 애가
없다며 입을 삐죽거렸다. 아무도 듣지 않고 아무도 궁금
해하지 않는 혼잣말을 시작한 건 두 아들이 경쟁적으로
사춘기의 정점을 향해 가느라 엄마와 말을 섞지 않기 시
작할 즈음이었다. 식탁 위의 벌건 국물을 훔치면서, 남편
것보다 큼직한 아들의 팬티를 널면서도 혼잣말로 투덜
대곤 했다.

  그러지 않으면 속이 답답해 미칠 것 같았고, 어느 날
갑자기 미쳐 소리 지르며 날뛰지 않기 위한 나름의 방법
이었다. 효과는 제법이었던 것이, 덩치가 산만 해진 사춘
기 남학생들과 소리를 지르며 맞서거나 멱살을 잡고 흔드
는 상황까지 간 적은 없다는 것이 큰 자랑이고 위안이다.

"옆집 애를 죽여줘"

그러다 그만 내가 선을 넘어버렸다. 온갖 수행평가 때마다 신경전을 벌이고 있다는 그 아이가 궁금했던 건데, 결국 그 아이의 부모마저 궁금해진 것이다. 당연히 외모가 궁금한 건 아니었다. 학벌이나 직업 같은 그런 거, 한 인간의 성적에 영향을 미칠 만한 공부와 관련된 유전자 정보가 필요했다. DNA는 과학이니까. 무심한 척 간신히 조각조각 알아낸 정보에 따르면 그 애의 엄마는 근처 고등학교의 수학 선생님이란다.

고등에다가 수학이면, 이건 붙어보기도 전에 이미 진 싸움 아닌가. 나는 교사 경력 15년 타령하며 교육전문가인 척 으스대고 있지만 실상은 국어, 영어의 하드캐리 덕분에 기적적으로 어느 지방의 교육대학교에 턱걸이로 합격했던 전형적인 수포자 아니던가. 수능 날 수학을 절반도 못 풀었는데, 실은 그게 모의고사 성적보다는 괜찮았을 정도니 말이다. 수포자의 장남이 고등학교 수학 교사의 아들과 붙고 있다.

슬프지만 져도 본전. 이 싸움은 잃을 게 없다. 수학 교사의 아들이 수학을 못 하면 이상한 거 아닌가. 아들아, 한번 붙어보자. 엄마는 매일 아침 소고기를 구울 테니 너는 밤마다 블랙라벨을 푸는 것으로 DNA를 극복하거라. 주인공인 장남은 정작 이 상황을 까맣게 모르고 있다. 수포자 출신의 중학생 모친은 심통이 난 얼굴로 화분에 물을 주며 나직이 외쳤다. '우리 아들 파이팅!'

한 해의 목표를 선명하게 그려주었다는 점에서도 그 아이의 존재는 소중했다. 수학 선생님의 아들이자 의대 지망생인 중학생과 수학 점수를 두고 어깨를 견주는 위치의 내 아들도 어느 정도는 경쟁력이 있다고 봐도 되지 않겠느냐는 계산이다. 나는 이런 일에 머리 굴리느라 하루가 참 짧다. 어쨌든 가까이 보나 멀리 보나 잃을 게 없는 경쟁인 건 확실하다. 대학 입시에서 수학이 차지하는 비중이 갈수록 높아지는 바람에 '닥수'(닥치고 수학)라는 전문 용어까지 등장한 마당에 수학 선생님 아들 덕 좀 봅시다.

결국 나란 엄마는 그 애가 다니는 수학 학원에 뒤따

라 등록시키는 유치한 짓까지 불사했다. 남자 중학생들끼리는 좀 순진하고 허물없는 구석이 있어, 그애가 우리 아이에게 본인의 수학 학원을 자랑하면서 같이 다니자고 했단다. 상가를 빼곡하게 채운 학원 중 무려 고등학교 수학 교사인 엄마가 선택한 학원이라면 믿을 만하지 않겠는가. 그 집 엄마가 이 사실을 알면 안 될 텐데, 라고 생각하면서 민첩하게 움직여 학원 상담을 잡았다. 역시나 학원과 원장님은 드물게 훌륭했다. 혹시나 그 정도로 훌륭하지는 않은 거라면 이제라도 새 마음, 새 뜻으로 훌륭하셔야만 했다. 중학생은 받지 않는다는 원장님께 간곡히 사정한 끝에 등록에 성공했다. 내 카드 긁고 싶어 사정하는 별 희한한 세상이다.

그렇게 한두 달이 지났을까, 뜻밖의 상황이 펼쳐졌다. 수포자의 장남은 이제 막 수학에 눈을 뜨기 시작했고, 아직 제대로 붙어보지도 않았는데 상대가 주춤하기 시작한 것이다. 주춤 정도가 아니라 비틀거렸다. 기세 좋게 시작했던 1학기를 기억하는데, 2학기에 들어서면서 이상할 정도로 힘겨워했다. 떨어지는 시험 성적 때문에 조급해져 학원 개수와 공부 시간을 대폭 늘렸다고 들었는데, 어느 날인가는 며칠 밤을 새우고 쓰러져 결석했다는 소식까지 들려왔다.

무슨 일이 있었던 걸까? 져도 본전이었던 잃을 것 없는 승부에서 뜻밖의 어부지리로 이기긴 했는데, 기쁨보다 다급했던 건 왜 이 아이가 갑자기 비틀대는 것일까 하는 궁금증이었다. 연애를 시작했을까, 사춘기가 심하게 왔나, 혹시 어디 아픈 건 아니겠지?

둘의 관계에도 변화가 있었다. 1학기 때는 H.O.T와 젝스키스처럼 대놓고 경쟁 구도였던지라 서먹했던 두 아이가, 2학기에 들어서는 부쩍 친해지기 시작했다. 좀체 집중하지 못하고 힘들어하던 그 아이가 수포자의 장남에게 속마음을 털어놓기 시작한 것이다. 사정을 전해 들은 나는 그제야 모든 상황이 이해되기 시작했다.

누나 때문이었다. 그 아이에게는 누나가 있는데, 하필 이 누님이 국내 최고의 영재고에서 극상위권을 놓친

적 없는 보기 드문 수재였다. 점수와 등수가 구체적이고 본격적인 숫자로 표현되기 시작하는 학년에 이른 동생은 재수없게 잘난 척을 해대던 누나가 얼마나 말도 안 되는 실력자인지를 그제야 깨닫게 된 것이다. 아무리 열심히 해도 누나에 비하면 형편없는 동생에 불과하다는 사실까지도 말이다. 인생 정말 호락호락하지 않다.

천재 누나의 그늘에 가려져 '누나보다 더 시켜줬는데 누나 반도 못 따라가는 놈' 정도의 취급을 받으며 힘들어하던 그 집 둘째 아이는 수포자의 장남에게 힘든 속내를 털어놓는 것으로 어찌어찌 버티다가 조용히 학년을 마무리했다. 손에 땀을 쥐게 했던 승부는 맥없이 막을 내리고 말았다.

그렇다면 이러한 관점에서 수포자의 장남이 처한 사정은 어떠한가. 닥치고 수학에 매진해야 하는 살벌한 시대에 수포자의 장남으로 탄생한 불운을 극복해야 하는 난관 속에서도 주춤할지언정 절대 비틀거리지 않는 그의 강인한 멘탈은 어디에서 기인한 것일까?

정답은 또렷하다. 그에게는 남동생이 하나 있다. 연년생이며 성별까지 같은 동생이 하나 있는데 그가 무려 특수교육대상자다. 평생의 비교 대상인 바로 아래 동생이 어떤 시험의 어떤 과목도 36점을 넘겨본 적이 없고, 수행평가는 제출해본 적이 없으며, 적어도 매주 하루 정도는 등교하지 않는다. 그 동생은 등록했던 학원마다 수업을 방해하거나 거부한다는 이유로 쫓겨났고, 학교에서는 거의 매주 담임 선생님이 조심스러운 말투로 어머니께 전화나 채팅을 걸어온다. 지금껏 들어간 치료비와 검사비는 이미 수천을 넘겼고, 구멍 난 독처럼 더 들어갈 일만 남았다. 학교를 마친다고 해도 평범한 성인으로 살아갈 가능성과 결혼이나 독립의 가능성은 극히 낮아서 부모는 이 동생에 관한 시름을 한시도 놓은 적이 없다.

차고 넘치는 걱정덩어리인 존재가 인생의 유일한 비교 대상인 인생. 학교에서 안 좋은 일로 전화가 오지 않는다고, 학원에서 한 번도 쫓겨나지 않았다고, 주말이면 친구와 늦도록 농구하고 왔다고, 수학여행에 잘 다녀왔다고, 수행평가를 제날짜에 제출했다고, 매일 아침 학교에 간다는 이유로 칭찬과 신뢰를 받아 누리는 드물게 운수 좋은 인생. 이 인생이 금수저가 아니면 무엇이란 말인가.

둘째를 키우며 너덜너덜해진 나는 큰애가 숨만 쉬어도 고맙다. 중학생이라면 누구나 당연하다는 듯 해내는 것이지만, 유일한 비교 대상인 동생이 안 하거나 못하는 것을 때에 맞게 해내며 큰일 없이 커가는 첫째를 생각하면 변기를 닦다가도 눈물이 난다. 중학생이지만 초등학생의 어느 즈음의 시간을 살아가는 동생 때문에, 중학생이 중학생답다는 이유로 깊은 칭찬을 보내는 것이다. 남다른 특별한 속도로 연일 타임머신을 타고 하루에도 몇번씩 여러 학년을 오가는 둘째를 묵상하며 주름을 늘려가는 나는, 중학생이 중학생의 시간을 살아간다는 평범하고 당연한 사실이 기적처럼 느껴진다.

그렇다고 큰애가 퍽 대단한 무언가를 하는 인간이냐하면, 그럴 리가. 내가 이 아이에게 감사하는 것들을 꼽자면 이런 것이다.

책가방을 스스로 챙기는 것, 입학 때 사준 실내화를 아직 잃어버리지 않은 것, 머리를 헹구고 났을 때 거품이 남아 있지 않은 것, 아슬아슬할지언정 지각은 하지 않을 시간에 출발하는 것, 교복을 잃어버리거나 구멍 내지 않은 것, 늦게까지 편의점을 전전하다 들어와 이는 닦고 자는 것, MRI나 유전자 검사처럼 무섭고 비싼 검사를 받지 않게 해준 것, 가끔이지만 100점 시험지나 임명장 같은 귀한 종이를 구경하게 해주는 것, 외롭고 힘들다는 이유로 학교를 결석하지 않는 것.

중학생의 시간을 중학생으로 살아가는 아이가 나는 무척 신비롭다. 누군가에게는, 어느 집에서는 너무도 당연한 일들이 우리 집에서는 특별히 고맙고, 간신히 누리는 일상이기 때문이다.

질투와 경쟁심으로 뒤집힐 때가 잦은 눈이지만, 대부분 시간 이런 담백한 눈으로 큰아이를 바라본다. 아주 가끔 도저히 이해하기 어려운 행동에 쌍욕이 터질 때도 있지만, 그런 식의 예외상황을 제외하고 아이를 향한 어미의 눈빛은 시종일관 사근사근하고 따사롭다. 엄마와 멱살을 잡고 싸워도 시원찮을 나이에 이런 따스한 대접을 받는 중학생이라면 과연 누가 이 아이와 경쟁할 수 있을까. 숨만 쉬어도 고맙고 기특해하는 엄마가 사다 준 아몬드 봉봉을 어른 밥숟가락으로 푹푹 퍼먹으며 팔자 좋게 거실을 차지하고 자빠져 유튜브를 보는 고등학생이 반에 몇이나 될까?

어떤 아이는 써도 써도 마르지 않는 계좌를 가지고 태어나고, 또 어떤 아이는 눈으로 훑기만 해도 외워지는 공부머리를 물려받았을지 몰라도, 이 아이는 뭘 해도 고맙고 기특한 눈빛으로 바라보며 지적하지 않는 엄마를 가진 것이다. 얘가 물고 태어난 게 금수저다.

∽

매일 아침 학교에 간다는 이유로 칭찬과 신뢰를 받아 누리는 드물게 운수 좋은 인생. 이 인생이 금수저가 아니면 무엇이란 말인가.

둘째 아이의 장애 때문에 좀처럼 수심이 걷히지 않던 시절, 동네 언니와 짜장면을 먹었다. 멀쩡한 산을 개간해 아파트를 짓고 경쟁하듯 분양하던 이웃 동네에 청약 통장을 던졌던 그 언니는 P(프리미엄)를 오천만 원이나 붙여 팔았다며 점심을 사겠단다. 동네 아줌마들의 점심으로는 다소 호사스러운 메뉴인 찹쌀 탕수육이 등장한 식탁을 앞에 두고도 나는 시종 어두웠다. 마음껏 웃을 수가 없었다.

"옆집 애를 죽여줘"

단 한 순간도 둘째에 관한 시름이 떠나질 않던 시절이었기에 탕수육이 아니라 팔보채에 동파육이 나왔어도 웃음을 찾아주진 못했을 거다. 그날도 나는 오천만 원을 벌고 개선장군처럼 나타난 그 언니를 붙들고 둘째의 심란한 학교생활과 어두운 미래, 그로 인해 방치된 큰애의 교육에 관한 이야기를 4절이 넘도록 되풀이하고 있었다. 불어가는 짜장면을 앞에 두고 우울한 젊은 엄마의 속풀이를 묵묵히 듣던 언니가 결심한 듯 입을 뗐다.

"규현이가 동생 덕 보네. 규현이한테 동생이 없었어 봐. 욕심 많고 젊은 엄마가 그 똘똘한 애를 지금처럼 가만히 뒀겠어? 온갖 곳에 실어 나르느라 애를 얼마나 힘들게 했겠어. 온 관심과 욕심을 큰애한테 다 쏟으면서 애 잡았을걸. 동생이 엄마 혼을 쏙 빼놓은 덕에 규현이가 지금 이만큼 편안하게 잘 크는 건 줄 아셔. 둘째 때문에 큰애한테 미안하다고 생각하지 마. 동생 아니었으면 규현이는 엄마 등쌀에 벌써 죽었어."

이 언니 뭐지?

대단히 친한 사이도 아니면서 사람을 앞에 두고 이렇게까지 말했다는 건, 사실 더 맹렬하게 느끼고 있었다는 것이고, 지금 갑자기 든 생각이 아니라 언젠가 한번은 꼭 말해줘야겠다고 벼러왔다는 것일 터. 정신이 바짝 들었다. 오죽했으면 이렇게 말하면서까지 내가 정신을 차리게 도와야겠다고 생각했을까.

　　짜증이 올라와 탕수육을 남겼다. 남의 집 얘기라고 참 쉽게도 말하는구나, 오천 벌었다면서 겨우 짜장이냐, 상한 마음으로 투덜거리며 돌아왔는데 언니의 말이 머릿속을 내내 떠나질 않았다. 사실 언니가 하고 싶었던 말은 "아이고, 이 아줌마야. 욕심 좀 작작 부려라, 애 잡겠다."였을 것이다. 내가 암만 정신이 나갔어도 눈치는 살아있었다. 하지만 안타깝게도 눈치만 살아있었지, "어머, 그러네요, 언니. 저를 위해서 어려운 얘기 해주셔서 고마워요."라는 인사 한마디 할 주변머리는 없었다.

　　지금껏 둘째의 어려운 상황이 큰애에게 걸림돌이 되고 짐이 될 거라고만 생각하며 자책감과 자괴감에 빠져 지내왔었기에 충격은 오래갔다. 하루 이틀 시간이 흐르자 조금씩 생각이 정돈되기 시작했다. 그래, 맞다. 욕심 많고 혈기 넘치는 엄마인 내가 애를 달달 볶아가며 성적에 온 마음과 정성을 쏟을 게 뻔해서, 그 일에 온전히 집중할 수 없도록 브레이크를 걸어준 고마운 존재가 바로 느리고 아픈 둘째였던 것이다. 둘째가 첫째의 덕을 보고 살 거라는 생각만 했지, 실은 첫째가 둘째 덕에 이만큼 멀쩡하게 자라고 있다는 걸 모르는 바보 엄마였다.

하지만 짚어야 할 지점이 있다. 나는 시종 일관되게 둘을 '비교'하고 있다는 점이다. 우리 큰애가 드물게 운이 좋은 케이스라, 하필이면 실력 차이가 극심한 대상과 비교되는 행운을 쥐고 태어난 것일 뿐, 내가 이 아이를 사랑하는 것에는 '비교'라는 행위가 기본값으로 존재한다. 아프고 느린 동생이 없었더라도 나는 이 아이를 지금처럼 존재 자체로 고마워하고 기특해할 것인가. 혹은 동생이 영재고 준비 중인 수재였더라도 나는 이 장남을 따스한 눈으로 그저 격려하는 엄마였을까? 그럴 리가. 제멋대로 구는 사춘기 아들을 퍽이나 사랑하며 소중히 품는 척하는 나는 사실 둘을 비교한 끝에 큰애에게 더 고마워하기로 결심한 것뿐이었다. 내 사랑은 겨우 이런 것이다.

큰애와 경쟁하던 같은 반, 같은 학원의 그 중학생 친구는 주춤했던 시간을 묵묵히 견뎌내고 결국 제자리로 돌아와 어느 먼 지역의 명문고등학교 합격 소식을 들려주었다. 고등학생이 된 둘은 각자의 반에서 더욱 강력한 상대를 만나 등급 컷을 궁금해하며 경쟁하는 지극히 평범한 대한민국의 고등학생다운 일상을 꾸려갈 것이다. 서로의 점수를 궁금해하고 부러워하기도 하며 그때가 아니면 경험할 수 없는 소중한 추억을 만들어갈 것이다. '경쟁' 덕분에 성장하는 자신을 뿌듯해하며 각자의 그릇만큼 커갈 것이다. 경쟁은 피할 수 없고, 피할 이유도 없다. 그게 인생이라는 걸 몸과 마음으로, 뼈아픈 경험으로 배우며 성장하는 소중한 시기다.

입시는 어차피 불공평한 경쟁이다. 김연아 선수는 생후 8개월에 걸음마를 했단다. 선천적으로 운동신경이 좋다고 볼 수 있다. 하지만 그 점을 지적하며 돌 이전에 걸음마를 했던 선수와 돌 이후에 걸음마를 시작한 선수가 같은 종목에서 경쟁하는 것은 불공평하다고 주장할 순 없다.

입시도 마찬가지다. 태어나보니 뇌 어느 부분에 학습에 최적화된 공부머리가 이미 장착되어 있어 새로운 지식을 학습하는 순간마다 들으며 바로 이해되는 것은 물론이요, 특별히 애쓴 적도 없는데 정확하게 기억하는 암기력마저 타고 태어난 아이와 경쟁하는 것은 불공평한 승부라고 할 것인가? 그렇다고 해서 지능 지수가 같은 학생들만 따로 모아 지능별로 등급을 줄세울 수도 없는 노릇이다. 무엇보다 입시라는 길고 변수 많은 레이스는 타고난 학습 지능 하나만으로 온전히 결정되는 것이 아니기에 어느 지점에서 어떤 식으로 불공평하다고 지적하거나 개선할 방법은 요원하다.

입시는 어차피 불공평한 경쟁임을 모두가 너무도 잘 알지만, 손 놓고 당하기엔 억울한 마음에 사교육이라는 수단을 동원해 불공평을 공평으로 세탁하려는 노력을 멈추지 않는 것이 부모의 역할로 받아들여지는 시대다. 적어도 그 아이와 네가 같은 학원에 다녔다는 것만큼은 똑같은 조건이 아니냐며, 다르게 태어났고 다르게 길러진 아이에게 왜 성적이 다르냐고 다그친다. 다르게 태어났는데 다르다고 혼나는 아이들. 아이들이 이 사실을 눈치채면 안 될 텐데 싶은 마음으로 아이들의 마음을 잠시 대변해본다. 같은 성적을 요구할 거면, 똑같이 낳아주시던가요, 어머니.

큰아이가 중학생이던 시절, 말 한마디 조심스럽던 엄마들 모임 몇 군데에 어설프게 발을 걸치고 들락날락한 적이 있었다. 입학식 날 전학을 한 탓에 나도 아이도 입학 후 한동안은 외로운 시간을 보내야 했기에 엄마들 모임은 조심스럽지만 소중했다. 학년이 올라가면서는 아이에게도 친구가 생겼고, 나는 학부모회와 학교운영위원회 활동을 시작하면서 학교에 드나들 일이 생겼다. 오며 가며 인사하던 엄마들이 드물게 커피 모임에 끼워주는 고마운 일도 있었고, 학부모 독서 모임에도 얼굴을 비추는 노력을 했다. 그달의 책을 다 못 읽었으면서도 꿋꿋이 나가 앉아 있었던 건 사소한 정보 하나라도 소중한 고립된 엄마였기 때문이다.

오가며 얼굴을 보고 인사하는 사이였지만, 정작 우리가 서로에게 제대로 솔직한 마음을 터놓았던 건, 마지막 만남이 될 수도 있을 중학교 졸업을 코앞에 둔 어느 날이었다.

"나 진짜 그때 왜 그렇게 불안해하면서 그 먼 데까지 애를 데리고 다니면서 유난을 떨었나 몰라. 지금 생각하면 그럴 일이 아닌데 말이야. 그게 성적에 도움이 됐는지 어땠는지 모르겠는데 그때는 그거 안 하면 숨이 안쉬어질 것처럼 불안했었어. 다른 애들 다 등록한다는데 안 하고 불안해하느니 그냥 시키고 말지. 근데 그때 들인 돈이 다해서 얼마인지 계산해보면 아까워 죽겠어. 거기다 숙제는 또 얼마나 많은지 그거 다 못해갈까 봐 애잡았던 거 생각하면 지금도 미안한데 굳이 얘기는 안 할 거야. 괜히 이런 소리 하면 고등에서 학원 뺄 핑계 댈 게 뻔하니까.”

취기가 오른 한 엄마의 고백이 시작이었다. 실은 중
학교 삼 년 내내 비슷한 심정이었던 엄마들의 속내가 방
언 터지듯 쏟아져 나오기 시작했다. 주변 아이들과 비교
한 끝에 불안에 떠느라 무턱대고 시켰던 초등 시기의 학
원들에 관한 고백인데, 그 학원에 그 집 애도 보냈었냐며
거기 원장님 지금 생각해도 이상하다며 손뼉을 친다. 여
자는 대화 중 손뼉치는 횟수로 나이 들어감을 실감한다.

이런 식의 자책과 후회는 그때 그 학원비를 벌어다
주었던 남편에게는 결코 말할 수 없는 것이고, 학원 셔틀
에서 왕복 한 시간을 견뎌야 했던 아이에게는 더더욱 비
밀일 수밖에 없다. 운이 좋아 이런 자리를 만난다면 술김
에 한마디 뱉는 것으로 지난 후회를 풀고 과오를 정리한
다. 나만 어린 것을 볶아댄 건 아니었다는 사실을 확인하
고는 상쾌해지는 밤이다.

상쾌해진 엄마들은 새롭게 다가온 학년의 학원 정보

를 나누기 시작한다. 지금까지 나눈 자책과 후회를 뒤로
한 채 고등학교 삼 년 내내 같은 행동을 반복하게 될 것
임은 말하지 않아도 서로 잘 알고 있다. 그때의 그 선택
은 주변 아이들과 비교 끝에 내린 결정이었고, 고등학교
에서의 비교는 훨씬 더 정교하고 속도감 있게 진행될 게
뻔하기 때문이다.

우리는 그때 그럴 필요가 없었다는 얘기를 허심탄회
하게 하면서도 다시는 그러지 말아야겠다는 다짐은 끝
내 하지 않는다. 돌아보니 그때는 비교적 쉬엄쉬엄해도
괜찮은 학년이었지만, 지금은 한순간이라도 멈췄다가는
큰일 나는 결정적인 시기라는 비장함이 서려 있다. 돌아
보며 후회하고, 내다보며 비장하다.

후회의 미덕은 같은 잘못을 반복하지 않는 것인데,
자식을 두고는 뻔히 후회하면서도 같은 행동을 되풀이
하는 이유는 아이의 학년이 달라졌다는 핑계가 적당하
다. 그사이 훌쩍 높아진 이번 학년은 어쩜 이렇게도 대학
입시와 바짝 맞닿아 있는 것처럼 느껴지는지, 3월의 우

리는 어김없이 비장해지고야 만다. 우리는 아마도 당시에 그렇게까지 비장할 필요가 없었다는 사실을 고등학교 졸업을 앞둔 어느 날, 데자뷰처럼 똑같이 치킨과 맥주가 놓인 테이블에 앉아 손뼉을 쳐대며 공감하게 될 것이다. 이걸 알면서도 비장해지는 건 어쩔 수가 없다. 어차피 불공평한 경쟁인 걸 알기에 조금이라도 공평하게 만들어줘야겠다며 학원과 교재를 검색하고, 그러느라 침침해진 눈을 위해 루테인을 검색한다.

아무리 밤을 새우고 용을 써도 지능이 결정되어버린 나의 둘째 아들이 의대에 가거나 로스쿨에 진학할 가능성은 0에 가깝다. 그러지 못하게 됨을 서글퍼하고 우울해하기엔 인생은 짧다. 노력하고 애를 써서 바꿀 수 있는 것과 없는 것을 구분하기로 마음을 다잡아 본다. 아이의 지능 지수는 바뀌지 않을 테고 고등학교 졸업 때까지의 전교 등수도 바뀌지 않겠지만, 이 아이가 의미를 알고 사용하는 국어단어와 영어단어의 개수는 차곡차곡 쌓여갈 것이고, 매일 아침이면 내가 차려놓은 밥을 먹고 등교를 할 것이고, 엄마와 함께 보는 영화 편수와 여행 횟수는 늘어갈 것이다.

불공평한 경쟁에서 애써 조금이라도 똑같이 만들어 보겠다고 노력하느라 내게 허락된 감사하고 다정하고 따뜻하고 즐거운 것을 놓치지 않기를 미래의 나에게 당부해본다.

탕수육까지 사 먹여가며 젊은 엄마를 위로하던 그 언니가 오천만 원의 P를 받고 넘겼던 그 아파트는 이후 무섭도록 급상승한 끝에 시세 차익만 오억을 기록해버렸다. 우리의 인생만큼이나 공식도 힌트도 없이 그저 불공평한 경쟁이 또 있을까.

◯◯

지금껏 둘째의 어려운 상황이 큰애에게 걸림돌이 되고 짐이 될 거라고만 생각하며 자책감과 자괴감에 빠져 지내왔었기에 충격은 오래도록 남았다.

3장

누구나 상처받으며
성장한다

기다림

교육 관련 유튜버가 _____
가장 많이 받는 질문은?

아이를 키운다는 건 불안하고, 지겨운 일이다. 도대체 언제까지 기다려야 내 성에 찰지 짐작하기 어렵고, 바라던 근사한 장면을 끝내 보지 못할 수도 있다. 그런 기다림이 불안해지고 반복되는 일상이 지겨워지면, 슬그머니 언제 적인지 모를 영화를 찾아본다. 몇 년 전 개봉했던 영화, 이미 어디서 한두 번 정도는 본 적 있는 흥행작들이다. 대작이거나 고전이 아니어도 괜찮다. 그 순간 보고 싶은 것이면 되는데, 개봉한 지 적어도 오 년이 넘은 것일수록 찾아보는 효과가 크다. 평균적으로 개봉한

지 십 년 정도가 적절하다. 어쩌다 영화관을 찾아 범죄도시를 챙겨보거나 OTT의 새로운 시리즈물을 챙겨보기도 바쁜 일상에 몇 년 전 영화까지 굳이 꺼내 보는 이유는 '숨은 단역 찾기'의 즐거움 때문이다.

이미 대략 줄거리를 기억하는 영화를 보면서는 전개와 결말을 궁금해할 필요가 없어 다소 느슨한 집중력으로도 충분히 시청할 수 있다. 이때 예상치 못한 장면에서 불쑥 등장했다가 대사 한마디 없이 사라지는 단역 중에 익숙한 얼굴을 찾아내고 혼자 좋아한다. 그렇게 반가울 수 없다. 지금은 각종 영화나 드라마에서 존재감을 톡톡히 드러내며 환호와 주목을 받는 배우가 주인공에게 사진을 부탁받고는 찍어주는 행인, 경찰 무리 중 맨 뒷줄 오른쪽에서 두 번째 젊은 형사, 거대한 폭력 조직에서 각목을 들고 서 있는 조직원 정도로 등장한다. 이들은 약속이나 한 듯 한껏 앳되고 무척 긴장한 얼굴을 보여준다. 신선한 마스크의 등장인 줄만 알았던 핫한 배우를 몇 년 전 영화에서 발견하면 반가움이라는 표현으로는 부족하다. 그들이 내 인생의 스승이다.

대중의 주목을 받지 못하던 까마득한 시절에도 이들은 화면 안에 있었다. 존재감이 희미한 배역을 간신히 맡은 후, 종일을 기다려 겨우 카메라 앵글에 얼굴을 내밀었을 것이다. 운 좋게 배역은 맡았으나 해당 장면이 통으로 편집되는 일도 있었을 것이고, 최종 영상에 등장은 했으나 몇 초도 되지 않아 후루룩 지나가 버리기도 했을 것이다. 그랬던 단역 배우들이니 현재의 저 자리에 쉽게 오른 것처럼 보일 법도 하다. 본 적이 없었으니까, 그간 뭘 하다 지금 나타난 건지 궁금한 적이 없었으니까.

　　"도대체 언제까지 기다려야 할까요?"

　　이 질문은 현직에 있을 때부터 학부모님들께 매년 듣던 것으로, 바로 오늘 아침에도 유튜브 댓글로 읽었다. 앞으로도 계속 듣게 되지 싶다. 내 채널뿐 아니라 교육 관련 정보를 담은 유튜브 영상이나 인스타그램 피드의 댓글을 한두 번만 내려봐도 여지없이 눈에 띄는 질문이다. 독서 습관이 잡히지 않는 아이, 공부를 거부하는 아이, 학원 숙제를 몰래 베껴가는 아이, 쉬운 수학 문제를 실수로 틀리는 아이, 문제가 조금만 어려워도 곧 포기하는 아이, 글씨를 엉망으로 쓰는 아이.

당장이라도 사자로 돌변해 불호령을 내려 저놈의 본새를 고쳐놓고 싶은데 기다려야 한다고 하니 일단 기다리긴 하는데, 도대체 언제까지 기다려야 한다는 것일까?

그런 질문을 매일 듣는 나라고 좀 다를까? 천만에.

나도 내 아이들의 학교, 학원 선생님과 선배 엄마들을 붙들고 묻는다. 아이가 아직도 이런 수준이고 여전히 이런 상태인데, 도대체 언제까지 기다려야 하느냐고. 계속 기다리면 정말 해결되는 거냐고. 아무리 기다려도 기대하는 수준에 오르지 못하면 그땐 어떻게 해야 하냐고. 댓글 창에 남긴 적이 없을 뿐 내가 더 자주 하는 생각이고 질문인 듯하다.

하나도 조급하지 않은 척 천연덕스러운 표정을 짓고 있지만 실상 내가 제일 조급하다. 그런 나이기에 언제까지 기다려야 하는 거냐고 묻는 독자들의 질문을 지나치기 더욱 어렵다.

그렇다면 우리는 이게 왜 그토록 궁금한 걸까? 누구든 한마디 해줄 수 있는 사람을 붙잡고 이 질문을 하는 우리가 듣고 싶은 대답은 무얼까? 정말 답을 듣고 싶은 걸까? 그 전에, 과연 이 질문에 답은 있는 걸까? 답이 있는 거라면 과연 누가 이 질문에 속 시원히 답을 줄 수 있을까?

이쯤에서 눈치를 챘을까? 사실 언제까지 기다려야 하냐고 묻는 건 질문이 아니다. 기다릴 만큼 기다렸는데도 눈에 보이는 결과를 쉽사리 보여주지 않는 자식을 향한 속 터지는 심정을 하소연한 것이다. 하소연이 질문의 형태를 띠고 있는 바람에 듣는 사람도 말하는 사람도 질문으로 착각하는 것일 뿐, 이건 답을 얻을 수 있는 질문도 답을 줄 수 있는 질문도 아니라는 사실을 말을 꺼낸 당사자가 가장 잘 알고 있다.

질문이 아니라면 정식으로 하소연을 해보자. 도대체

우리는 이 아이를 언제까지 기다려야 하는 걸까?

　나는 전형적인 느린 학습자를 키운다. 느린 아이를 키우다 보면 아주 사소한 일상에서도 속도에 관한 생각을 하지 않을 수가 없다. 숨 쉬듯 속도를 의식하는 삶이다. 중학교 3학년인데, 느려도 참말 느리다. 원래는 발달만 느렸는데, 학습도 느려졌고, 행동마저도 서서히 느려지고 있다. 먹을 때만 미친 듯이 빠르다. 내 상태가 좋을 땐 그 모습이 사랑스럽고, 내가 바닥일 땐 허겁지겁 퍼먹는 꼴이 보기 싫어 죽겠다. 애는 그날이 그날인데, 엄마 혼자 널을 뛴다.

　등교 준비를 하는 아침, 시험 결과를 받아 들고 오는 날, 어쩔 수 없이 또래와 나란히 두고 보게 되는 공개 수업, 몇 년에 한 번씩 새로 할 때마다 낮게 평가되는 지능 결과를 확인하는 순간, 초등학생들이 즐겨보는 학습만화를 펼쳐놓고 낄낄거리는 중학생의 주말 오후. 느린 아이를 키운다는 사실을 의식하지 않을 수 없는 장면의 연속이다.

제법 재빠르고 부지런한 학창 시절을 보냈던 나는 이 아이의 느리고 태평한 일상을 지켜보면서 인간이 저렇게까지 자기만의 속도를 고집하며 살 수도 있는 거구나, 그런데 저렇게 느리게 살아도 뭐 대단히 나쁘거나 크게 손해를 보는 건 아니구나, 라는 사실을 새삼 깨달아가는 중이다.

자녀를 두고 부모가 쉽게 단정 짓는 '느리다'의 기준은 무엇일까? 기준이 있다면, 그 기준은 절대적이며 객관적인 것일까? 유명 학군지로 꼽히는 지역의 강연장에서 불안하고 초조해 보이던 한 엄마와 짧은 대화를 나누게 되었다.

"지금 초등 1학년인 아이인데요, 주변 아이들이 하나둘 영어, 수학 학원에 등록하는 중이라 이대로 책만 읽고 있어서는 안 될 것 같아요. 벌써 늦은 것 같긴 하지만 저희 애도 일단 학원에 등록하려고 알아보는 중이에요."

흔한 불안이다. 아무리 흔해빠진 불안이라도 짚어보

자. 이런 식의 불안은 절대적이고 객관적인 것일까? 남다른 교육열로 일찍 사교육에 뛰어든 엄마들이 유독 내 주변에 많다는 것이 이 아이의 공부와 사교육 로드맵의 이유와 기준이 되어버린 건 아닐까?

초등 1학년이라 이제 막 공부를 시작해보려는데 주변 아이들이 해가 지는 줄도 모르고 놀이터를 지키는 동네에 살고 있다면 그래도 이 엄마는 쫓기듯 학원을 알아보고 있을까? 주변 아이들이 대부분 선행을 시작하는 초등 고학년, 중학생 시기라면 맨정신으로 버티기는 더욱 힘들어진다. 아이가 해보고 싶어 하는 의지가 생겼다거나 엄마의 교육관에 의해 결정된 시기에 다다랐기 때문이 아니다. 흥미도 의지도 없던 아이들이 어느 날 갑자기 학원의 셔틀에 오르기 시작하는 거의 유일하고도 공통된 이유는 주변 아이들이 시작했기 때문이다. 주변 사람들이 삼성전자 주식을 주워 담기 시작했다는 이유로 나역시 갑작스레 삼성의 주주가 되어버린 것처럼.

생각 없이 따라 사버린 주식 때문에 잃은 돈은 없던

셈 치고 카드값을 줄이는 것으로 대략 상쇄할 방법이 있다. 하지만 주변 때문에 불안해진 엄마가 쫓기듯 선택한 학원 스케줄로 단 한 번뿐인 아이의 학창 시절이 결정되어도 괜찮은 걸까? 그게 선택의 기준이 되어도 정말 괜찮은 걸까? 쫓기듯 앞으로 달리는 엄마들을 보며 불안한 마음이 들 때면 영화 속 단역들을 떠올린다. 자기만의 속도로 차근차근 쌓아올린 필모그래피로 결국 꽃을 피워내는 이들에게 박수를 보낸다. 각자의 이유로 영화 속 단역처럼 고단했을 하루를 간신히 보내고 들어와 배고픔을 호소하는 나의 사랑하는 두 아이가 언젠가 피워낼 꽃을 상상하며 씨익 웃어본다. 도대체 아이를 언제까지 기다려야 하는 거냐고 누군가 따지듯 내게 묻는다면 기다리는 것 말고 다른 방법이 있느냐고 되묻고 싶다.

∞

나는 전형적인 느린 학습자를 키운다. 느린 아이를 키우다 보면 아주 사소한 일상에서도 속도에 관한 생각을 하지 않을 수가 없다.

"저는 그런 엄마(?)가 아니에요. _____ 무리하게 공부 안 시켜요"

교직에서 근무한 경험이 있고, 교육 관련 콘텐츠를 생산하는 일을 하다 보니, 일로 만난 사이지만 지극히 개인적인 자녀교육 상담으로 다짜고짜 말문을 여는 업체 관계자들이 있다. 출판사, 방송국, 유튜브 채널, 강연업체, 강연 기관 등에는 나를 담당하는 담당자가 배정되어 있는데, 유독 반가워하고 먼저 친근함을 표하는 분들 백이면 백, 초등 아이의 학부모다.

나라고 별수 있을까. 남편이 다니는 배드민턴 클럽에

고등학교 특수교사가 등장했다는 소식에 나도 클럽에 등록해볼까 싶었으니 말이다. 그러기엔 배드민턴은 내게 너무 과한 운동이라 마음을 눌렀다.

아무튼. 그중 유독 오래 인연을 맺어온 한 방송 작가님과 식어가는 라떼를 앞에 두고 이런저런 깊고도 개인적인 이야기를 나눈 적이 있었다.

"어우, 선생님, 저는 선생님처럼 그런 엄마가 아니에요. 저희 부부는 안 시키기로 합의했어요."

그녀의 눈빛과 말투에 당당함이 뿜어져 나오고 있다는 걸 모를 리 없다. 그럼, 나는 뭐 그런 엄마란 말인가. 그런 엄마인 것 맞지만 그렇다고 이렇게 대놓고 얘기하면 나는 어쩌라고.

앞에 앉은 내가 아이 성적에 눈이 돌아 깃발 들고 내달리는 종류의 학부모로 보인다는 걸 조용히 지적하는 듯한 그에게 어떤 반응을 보여야 할지 난감했다. 그 엄마의 눈에 나는 어떻게 보였던 걸까? 그녀는 나와 상관없는 의미의 말이었다고 둘러대겠지만 눈치 빠른 내가 모를 리 없다. 성적에 집착하는 내게, 그런 식으로 아이의 행복을 망치지 말라는 얘기를 하고 싶었겠지. 그렇다면 지금 나는 아이의 행복을 망치는 중인지에 관한 묵상이 필요하다.

그분이 그런 엄마가 아니고, 강제로 공부시키지 않기로 결정한 것은 멋진 일. 하지만 만약 아이가 하고 싶어 한다면, 잘하고 싶다고 한다면, 꼭 이루고 싶은 목표가 있고, 반드시 가고 싶은 학교가 생겼고, 그래서 필요로 하는 성적이 있다면 그땐 어떻게 할 것인가? 내가 그런 엄마가 아니라는 것이 이유가 될 수는 없을 것이다.

안 하겠다는 아이를 밀어붙여 하게 만드는 것과 하겠다는 아이를 굳이 말리고 내버려두는 것 사이에서 우리는 매일 시소를 탄다. 엄마는 결정권이 엄마에게 있다고 믿지만 천만에. 그 어떤 엄마도 하겠다는 아이를 말리거나, 안 하겠다는 아이를 설득할 수 없다. 이게 가능하다고 믿었던 엄마들이 실상은 그게 아니었음을 깨닫는 시기는 대략 초등 5학년 정도다. 이 시기부터의 공부는 아이 본인만이 결정한다. 아이의 그 시기를 가장 늦게 알아채는 건 부모일 때가 대부분이다. 눈치가 느린 바람에 열심히 밀어붙이다가 다 내려놓고 자빠진 중학생 아이를 붙들고 대성통곡을 하는 엄마들도 물론 적지 않다.

살아보면 아무도 대신해줄 수 없는, 오롯이 내가 해내야만 하는 일들이 있다. 나만큼이나 마음 아파하고 긴장한 사람이 옆에서 손을 꼭 잡아주고 있어도 아무 소용이 없다는 사실을 생생하게 절감한 최초의 사건은 출산이었다.

한마디로 그냥 미칠 것 같았다. 진통이 오락가락하는 그 순간, 가장 부러웠던 사람은 바로 30분 전에 아이를 낳은 옆 방의 산모였다. 옆을 지키는 남편에 대한 고마움이나 언젠가 이 고생을 했을 친정엄마에 대한 그리움 따위는 없었다. 그저 30분 먼저 낳고 늘어져 있는 옆 방의 저 여자가 부러울 뿐이었다.

오롯이 내 몫의 일이었다. 힘을 주는 것도, 아랫배에 힘을 집중하는 것도, 소리를 지르지 않기 위해 이를 악물고 버티는 것도 어느 하나 누가 대신해줄 수 없다. 곧 아이를 만나게 된다는 기쁨 따윈 없었다. 어서 이 짜증스럽고 끔찍한 진통이 사라지기만을 바랄 뿐이었다.

늦은 밤, 잠을 줄여가며 공부하는 아이의 뒷모습을 보면서는 분만실의 내가 떠오를 때가 있다. 지금 겪어내야만 하는 이 과정은 임신부터 출산까지의 긴 여정만큼이나 의미 있는 순간이고 충분히 가치 있는 고통이지만, 결코 반갑지도 숭고하지도 않다. 그냥 어서 지나가기만을 바랄 뿐이라는 점에서 이 둘은 소름 끼치도록 닮아있다.

아주 가끔 입덧이 잠잠한 날의 평화로움은 중간고사가 끝난 주말 정도일 것이며, 뱃 속의 아이가 3센티미터나 더 자랐음을 확인한 순간은 살짝 오른 점수처럼 소소한 기쁨을 주지만 거기까지다. 결국 입시가 다가오고 있고, 출산의 과정처럼 본인이 홀로 감당해내야 한다.

그래서 아이에게 스며들 듯 세뇌하는 것은 지금 하는 이 공부는 오롯이 너의 것이고, 네가 스스로 해내야만 하는 길이라는 점이다. 임신과 출산이 덜 혼란스러웠던 이유는 이건 처음부터 끝까지 내가 감당할 일이라는 점을 분명히 인지한 덕분일 터. 누가 대신해주기를 기다리거나, 대신해주지 않는다고 실망하거나, 대신해준다고 좋아할 일이 아니라는 것을 분명히 하고 시작했기에 그런 식의 잔꾀에 쓸 에너지 낭비를 막을 수 있었다.

「티처스」라는 프로그램에 출연했던 어느 가족 이야기다. 부모의 목표는 네 아들을 모두 의대에 진학시키는 것이었고, 부부 모두 자신의 삶에 최선을 다하면서도 아이들의 학업을 살뜰히 챙기고 있었다. 성적에 도움이 될 만한 정보를 찾아다니는 모습에서는 동질감이 느껴졌다. 그런데 기억에 남는 한 대목이 있다.

한 아들이 꼭 의대가 아니라 약대도 괜찮을 것 같다는 말을 조심스레 꺼냈는데, 부모가 단호히 안 된다고 했다. 이유는 심플했다. 부부 모두 병원에서 근무했던 경험이 있는데, 그 경험은 부부에게 '사회에는 보이지 않는 계급이 존재한다'라는 확고한 믿음을 갖게 했다. 그래서 자녀들은 병원 속 최상위 계급인 '의사'라는 직업을 가졌으면 좋겠다는 선망이 생겨났고, 자녀들의 목표는 '의대 합격'이 되었다.

우리 엄마가 떠올랐다. 엄마는 자식들이 교대에 진학하기를 염원했다. 엄마는 초등학교 급식실에 근무하는 영양사였기 때문이다. 학교라는 조직은 어쩔 수 없이 교사라는 직군을 중심으로 조직되었고 운영되고 있다. 교사의 입김이 가장 세고, 나머지 직군들은 교사의 교육활동을 지원하는 역할을 한다.

초등학교라는 직장 안에서 교사들의 절대적인 존재감과 영향력을 오랜 시간 지켜봐 온 엄마는 자연스레 자식들을 교사로 만드는 것을 삶의 최우선 목표로 삼게 되었다. 당시 같은 지역에 근무하며 돈독하게 지내던 영양사 모임에 나가 우리 아들이, 우리 딸이 교사가 되었다고 자랑할 날을 얼마나 고대했을까를 생각하니, 죽도록 싫었지만 고집을 꺾고 교사가 된 건 크나큰 효도였다는 생각이 든다.

프로그램에 출연한 형제의 부모는 우리 엄마와 비슷한 경험을 했을 것이고, 그들의 간절한 목표는 누구나 이해할 만한 자연스러운 의식의 흐름일 터다. 치명적인 위험함, 동일시. 아이 인생에 과몰입하는 엄마가 위험해지는 지점이 바로 아이와 나를 동일시하는 것이다. 아이는 엄마를 본인이라고 생각하지 않는데, 엄마는 아이가 곧 본인이라 여긴다. 아이가 슬프면 나도 슬프고, 아이가 외로우면 내가 텅 빈 듯하고, 내가 의사를 동경한다는 이유로 내 자식은 의사가 되어야 한다. 아이가 수학을 못 푸는데 내가 이미 대학 입시에 실패한 것 같고, 아이가 의대에 가고 싶다고 한마디 했을 뿐인데 나는 병원 건물 마련할 궁리를 하느라 바쁘다.

이런 식의 흐름 속에서는 아이가 성장하는 과정 중에 나타나는 당연한 부족함도 엄마의 치명적인 단점으로 받아들이게 된다. 아이의 부족함을 인정하는 것이 엄마인 나의 부족함을 인정하는 것이라 여기기에 아이의 부족함을 인정할 수 없다. 아이와 나를 동일시하면서 생기는 일이다. 아이의 부족함을 얘기했는데 부모에 대한 지적으로 받아들이면서 아이를 진심으로 아끼는 마음에서 건너온 조언은 힘을 잃고 만다.

사교육이 지금처럼 기승을 부리지 않던 불과 몇 년 전만 해도 "시켜야 할까요?"가 주된 질문의 어미였다. 앞쪽에 피아노, 주산, 논술, 운동, 악기, 연산, 선행 등의 주요 사교육이 붙으면 문장은 완성된다. 예를 들면 "논술은 꼭 시켜야 할까요?" 정도의 질문인데, 이런 식의 분위기가 몇 년 사이 빠르게 바뀌고 있다. 이제는 다들 이렇게 묻는다.

"안 시켜도 될까요?"

'시켜야 할까요?'라는 질문이 꼭 시켜야만 하는지 안 시킬 방법은 없는지 등 여차하면 안 시키겠다는 의지를 가진 형태의 의문문이라면, '안 시켜도 될까요?'는 '시키려고 하니 너무 힘든데 안 시키려고 하니 너무 불안해요. 그래도 시키는 게 낫겠죠? 안 시키면 안 되겠죠?' 정도로 해석할 수 있다.

시키든 안 시키든, 5학년이 되어보세요. 결정권은 엄마에게 없으니까요. 그런 엄마든 아니든 엄마의 컨셉을 결정하느라 너무 오래 고민하지 마세요. 결국 이 공부는 아이의 것이니까요. 내가 어떤 엄마인지, 저 엄마는 어떤 엄마인지 비교하고 분석하느라 괜히 잠 설칠 것 없어요. 어떤 엄마든지 결정할 수 있는 건 아무것도 없으니까요.

♡

그래서 아이에게 스며들 듯 세뇌하는 것은 지금 하는 이 공부는 오롯이 너의 것이고, 네가 스스로 해내야만 하는 길이라는 점이다.

레벨과 점수에 관한 엄마의 예민함은 _____ 욕심이 아니라 무지에서 온다

좀처럼 잊히지 않는 어떤 장면이 있다. 저녁을 차려 놓고는 잠깐이라도 뛸까 싶어 단지를 빠져나오는데 주변이 소란하다. 오며 가며 낯이 익은 아이와 엄마인데, 울고 있는 아이에게 엄마는 고함을 지르고 있었다. 뭐, 놀이터에서 흔히 보는 모습 아닌가. 아이는 죄송하다고 빌며 영 울음을 그치지 못한다. 혼날 짓을 했구먼, 하며 지나치려는데 엄마의 말소리에 발걸음이 멎었다.

"너, 엄마가 정신 똑바로 차리고 풀라고 했어, 안 했어?

걔가 너보다 더 늦게 들어왔는데 왜 너보다 더 잘해? 니가 뭐가 부족해서 걔보다 낮은 레벨이 나오는 거야? 너는 레벨이 왜 그렇게 나왔냐고! 아, 짜증 나."

"엄마, 죄송해요, 정말 죄송해요. 이제 열심히 할게요. 문제 똑바로 풀고, 좋은 레벨 받을게요. 엄마, 한 번만 용서해주세요, 제발요, 제발요!"

분을 참지 못해 빠르게 걷는 엄마를 뛰듯이 쫓으며 사정하는 아이의 목소리와 표정이 지금도 선명하다. 이날을 잊지 못하는 건 아이의 목소리와 표정 때문이 아니다. 감히 쳐다볼 수 없었던 그 젊은 엄마가 내내 마음에 남았다. 적어도 내 마음엔 아이가 아니라 아이의 엄마가 남았다. 그 엄마는 나쁜 게 아니었다. 모르는 거였다. 아이가 오늘 치르고 온 레벨 테스트 결과는 이 아이의 대학 입시를 비롯한 그 어떤 실력을 입증해야 하는 상황에서도 영향을 미치지 않을 거라는 중요한 사실을 모르는 것뿐이었다. 그걸 알았다면 그 추운 밤, 엉엉 우는 어린 딸에게 그렇게 큰 소리로 화를 내지 않아도 되었을 텐데 말이다. 입시를 둘러싼 수백, 수천 가지의 변수의 세계에

관한 무지로 인해 일어난 일이다. 그게 실은 지금 그럴
일이 아니라는 걸 모르는 앳된 엄마가 몹시 안쓰러웠다.

 모녀의 대화만 보면, 다 큰딸을 왜 남들 지나다니는
거리에서 혼내나 싶지만 지켜봐왔던 그 아이는 일곱 살
이었다. 소문 난 영어유치원 셔틀에서 내리는 모습을 봤
던 게 떠올랐다. 일곱 살 아이가 영어 점수 때문에 길바
닥에서 혼나는 밤, 대체 어디서부터 뭐가 잘못된 걸까?

 강연을 마칠 즈음이면 몇 개씩의 질문을 받는데, 신
기하게도 몇 가지의 질문들은 어느 지역에서나 비슷하
다. 꼽아보자면 이런 것이다.

 "지금 영어학원에 다니고 있는데, 애가 너무 힘들어해
요. 쉬어도 괜찮을까요?"
 "학습만화만 보고 글로 된 책은 읽지 않는데, 그냥 둬도
괜찮을까요?"
 "자기 주도 학습을 시키고 싶은데, 아무래도 힘들 것 같
아서 학원에 다녀도 괜찮을까요?"

"수학 선행을 하나도 안 하고 있는데, 주변 애들은 다 시작했더라고요. 괜찮을까요?"

괜찮다.

내 생각에, 초등 시기의 어지간한 고민과 질문의 답변은 '괜찮다'로 귀결된다. 이유는 명쾌하다. 고3 수험생만 아니라면 지금 무리하게 강행하지 않아도 다음 기회가 오기 때문에. 아이와 관계만 차곡차곡 다져두면 다음 기회를 잡아서 역전해볼 기회는 모든 아이에게 공평하기 때문에. 초등 때 반짝하다가 마는 아이가 아니라, 중등 이후, 더 정확하게는 고등학교 삼 년 동안 포텐을 제대로 터뜨려 주는 것이 진짜이기 때문이기도 하다. 그래서 지금 정체되거나 혹은 후퇴하는 것처럼 보이는 모습들은 다음 기회가 오기를 기다리게 해주는 소중한 신호 정도로 봐도 좋다. 하지만 엄마는 테스트 결과에 눈이 멀어 그 소중한 신호를 눈치채지 못하고, 오늘 받은 성적표가 아이 인생을 결정지을 것처럼 일희일비하고 만다.

학원이란 무엇인가. 도대체 무엇이길래 대한민국 온

부모들의 잠을 설치게 하고, 말짱한 애를 잡게 하고, 모처럼의 가족 여행을 주저하게 하고, 벌건 대낮의 교실에서 좀비처럼 픽픽 쓰러져 잠들게 하고, 출근해 종일 시달리고 온 남편의 월급을 타박하게 하고, 평화롭던 저녁 식탁에서 기어이 큰소리가 나게 만드는 걸까? 학원이 나쁜 것인지, 엄마인 우리가 문제인 건지, 학원에 다니지 않으면 숨이 멎을 듯한 공포를 만들어낸 이 나라가 문제인 건지 차분히 짚어볼 노릇이다.

학원에 관한 불안을 자극하는 주된 요인 중 하나는 주변인인데, 주변에 어떤 사람이 어떤 모습으로 아이를 키우느냐에 따라 내 육아의 방향과 색깔이 결정된다고 봐도 무방할 만큼 큰 영향을 받는다. 물론, 유튜브 속에 교육전문가가 천지삐까리고, 마음만 먹으면 펴볼 수 있는 차분한 자녀교육서도 많지만, 결국 나는 오늘 함께 커피를 마신 주변인과의 대화를 곱씹으며 천국과 지옥을 오간다. 애써 잔잔하게 붙들어놓은 마음을 뒤집어놓는 것도, 기어이 무언가를 결제하게 만드는 것도 내 주변인 중 하나다.

또래 아이를 키우는 엄마들끼리는 "어떻게 할 거야?"라는 질문을 자주 주고받는다. 이 질문 앞에 특정 과목이나 영역의 이름을 붙이면 완벽한 문장이 된다. 이런 식이다. "사고력 수학 어떻게 할 거야?", "방과후 어떻게 할 거야?", "논술 어떻게 할 거야?" 등인데, 들어봤거나 해봤거나 둘 다인 경우가 대부분이다.

시작할 생각이냐, 한다면 언제부터 할 거냐, 혹시 이미 하고 있었던 거냐, 할 거면 어느 학원에서 할 거냐, 혹시 엄마표로 할 거냐, 괜찮은 학원 정보가 있느냐 등 거의 모든 정보를 가지런히 품은 실로 대단한 질문의 형태다. 다음 학년에 필요한 과목을 미리 알아보고 시작한 발빠른 엄마라면 어떻게 할 거냐고 계획을 묻는 편이고, 내 아이가 좀 늦었다는 위기감을 느낀 엄마라면 "어떻게 하고 있어?" 혹은 "어떻게 했었어?"라고 현재형과 미래형을 적당히 섞은 정보와 근황을 동시에 얻어내길 기대한다. 참 대단한 질문이다.

우문이지만 현답을 고민할 필요는 있다. 흔해빠진 질

문이지만 어떤 답을 내어놓느냐에 따라 그 엄마의 성격, 정보력, 인성까지 단숨에 평가되기 때문에 질문한 그 엄마와 앞으로 어떤 관계를 맺어가고 싶은지에 따라 대답을 가려 해야 실수를 줄인다. 지속적으로 깊은 관계를 맺고 싶을 만큼 마음이 가는 엄마라면 알고 있는 정보를 술술 풀어놓는 것도 좋다. 어렵게 얻은 귀한 정보를 다 풀었다가 내 아이에게 불리한 일이 생기면 어쩌나 싶지만 그런 일은 절대 일어날 리 없다. 안심해도 좋다. 괜한 걱정이다. 그 어떤 정보도 당사자인 그 집 아이와 맞지 않으면 힘을 쓸 수 없기 때문이다. 엄마의 정보량에 따라 아이의 성적과 결과가 결정되는 게 입시라면, 입시가 어려울 일이 뭐가 있을까. 입시는 그렇게 단순하지 않다.

지난해, 대한민국 사교육비는 전례 없는 수치를 기록했다. 물론 나도 일조했다. 큰아이의 고등학교 입학을 앞두고, 내 인생 최대의 사교육비를 과감히 결제했으니 말이다. 통계에 잡히지 않는 과외비까지 더하면 대한민국 학부모가 감당 중인 사교육비는 공개된 수치보다 훨씬 더 높을 것이다. 도대체 얼마를 벌어야 이 돈을 학원비로 써도 괜찮은 걸까 싶을 만큼 아이가 커갈수록 늘어나는 사교육비는 부모 속을 타들어가게 한다.

학원비 얘기가 나올 때마다 돈가스 소스처럼 따라 나오는 이슈는 노후다. 그럴 돈 있으면 노후 준비에 쓰라고, 차라리 애한테 돈으로 물려주라고, 그 돈이면 건물도 사겠다고 말하는 주변인들이 등장한다. 참 쉽게도 말한다. 부모들이 그걸 몰라서 그 큰돈을 학원에 가져다주는 걸까? 그 돈으로 하고 싶은 게 얼마나 많은데, 바꾸고 싶은 건 또 얼마나 많고, 가고 싶은 곳은 얼마나 많은데 말이다.

학원에 돈을 갖다주는 부모 본인들이 누구보다 가장 잘 알고 있다. 그래서 틈만 나면 슬퍼진다. 그런 마음으로 결제하는 거다. 그러니 학원 하나하나 소중하지 않은 곳이 없다. 학원에 가서 진상 비스므레한 상담을 하고 돌아올 때마다 느껴지는 자괴감을 통계청 관계자분들, 사교육비 기사를 올리는 기자님들은 얼마나 알고 계실까? 엄마들도 결코 이런 삶을 원한 적이 없다는 사실을 말이다. 다른 방법이 있다면 그 방법을 알고 싶어 미칠 것 같은 마음을 말이다.

친하게 지내는 미용실의 선생님은 바로 얼마 전까지 대치동에서 근무했다.

"새치염색을 하고 나서 애한테 들어가는 학원비 때문에 돈이 부족하다며 깎아줄 때까지 안 나가고 버티는 분들이 종종 계세요. 애 밑으로 들어가는 학원비가 얼마인 줄 아느냐며 그것 때문에 돈이 쪼들려서 그러니 염색 값좀 깎자고 하시는데, 너무 난감했어요."

부쩍 많이 들어가게 된 아이의 학원비를 왜 미용실 원장님이 감당해야 하는 걸까? 유치원생도 하지 않을 수준의 떼를 부리게 만드는 것이 학원이라면, 이렇게까지 보내서 성적을 올리는 것이 과연 어떤 의미가 있는 것일까? 레벨과 점수에 관한 엄마의 예민함은 그 근원을 따지고 보면 욕심이 아니다. 무지다. 나는 왜 이렇게 욕심이 많을까를 자책하며 괴로워할 필요가 없다는 말이다.

욕심 없는 엄마가 어디에 있을까? 자식이 나보다는 잘되기를, 나보다는 여유롭고 떵떵거리는 인생을 살게 되기를 바라는 욕심이 없다고 말할 수 있는 엄마가 어디에 있느냐 말이다.

그런 마음은 문제가 아닌데, 그런 행동이 문제를 불러온다. 엄마라면 누구나 마음 한구석에 자식의 출세에 관한 욕심을 품고 살아가는데, 욕심이 있다고 해서 모두 같은 행동을 하지 않는다는 점에 주목해야 한다. 아이는 대부분 내 기대보다 낮은 점수와 레벨을 들고 온다. 아이가 부족한 탓이라기보다 엄마의 기대가 한참 높은 탓이다. 달리 말하자면 엄마는 늘 아이에게 실망하는 사람이고, 아이는 엄마에게 실망감을 주는 존재라는 의미다. 연신 '나'라는 존재에게 실망하는 사람이 내가 세상에서 가장 사랑하는 사람인 상황, 아이의 마음은 얼마나 참담할까?

가끔 학원 설명회 맨 뒷자리에 앉아 강사를 보지 않고 엄마들의 뒷모습을 물끄러미 볼 때가 있다. 제법 웃

긴 농에도 여간해 웃음소리가 들리지 않는다. 사진을 찍을 때 나는 찰칵 소리만 쉬지 않고 들린다. '이건 프린트물에 안 넣었으니 지금 꼭 찍으시고, 외부 유출하지 마세요.'라는 강사의 설명에 일제히 스마트폰을 치켜드는데, 아이돌이 출국하는 인천 공항의 기자들만큼이나 날렵하고 정확하게 피사체를 담아낸다. 해당 강의 주제가 '수능 D-31 전략'이 아니라 '예비 고1 수시 생기부 전략'이라는 점에 새삼스레 놀랄 만큼 불꽃 튀는 현장이다.

고등학생의 엄마가 되고부터 자주 들르는 웹사이트가 있다. 대치동을 중심으로 한 열혈 엄마들이 익명으로 정보를 공유하고 소통하는 공간이다. 그곳에서 섣불리 안달복달하다간 고2 엄마도 즉시로 혼이 난다. 고2면 기회가 많은데 왜 조급해하냐는 댓글이 줄줄이 달린다. 이런 천하태평한 댓글을 달 수 있는 건 입시를 마친 졸업생 엄마들의 특권이다. 경험해본 그녀들은 알고 있다. 입시의 길고 복잡한 여정에서 마주하는 그 어떤 점수와 등급도 이 아이의 입시를 절대적으로 결정짓지 못한다는 사실을 말이다.

아이를 향한 욕심을 없애기란 어차피 불가능에 가깝다. 내 욕심 때문에 아이의 일을 그르치지 않으려면 엄마인 우리가 제대로 알아야 한다. 지금 아이가 받아오는 성적으로 무엇이 결정되는 일 따윈 결코 일어나지 않는다는 지극히 평범한 진실을 말이다.

그날 밤, 테스트 점수 때문에 울며불며 용서를 빌던 그 꼬마가 벌써 중학생이 되었을 만큼 긴 시간이 흘렀다. 7세에 받았던 레벨테스트 점수 따위로 아이의 인생이 결정되는 우스꽝스러운 일은 일어나지 않는다는 소중한 진리를 그 엄마는 분명 제대로 깨달았으리라 믿는다.

∞

달리 말하자면 엄마는 늘 아이에게 실망하는 사람이고, 아이는 엄마에게 실망감을 주는 존재라는 의미다. 연신 '나'라는 존재에게 실망하는 사람이 내가 세상에서 가장 사랑하는 사람인 상황, 아이의 마음은 얼마나 참담할까?

우리 아이도 _____
금쪽이일 수 있다

「금쪽같은 내 새끼」라는 프로그램의 가장 큰 미덕은 '금쪽이'라는 어휘에 관한 전국민적인 합의를 끌어내준 점이지 싶다. 가장 큰 수혜자는 여러 교육 현장에 종사하는 교사들인데, 교사들에게는 이런 느낌의 대명사가 줄곧 간절했다. 퇴근하고 거실에 앉아 아무리 재미있는 드라마를 봐도 쉬이 지워지지 않는, 오늘의 우리 반과 이번 주의 나를 너덜너덜하게 만든 그 아이를 두고 '문제아'라는 문제의 소지가 있는 단어를 사용하기는 조심스럽기 때문이다.

'나를 미치게 만드는 우리 반 그 애'라는 표현은 거추장스럽고, '매일 같이 복도에서 소리를 지르는 옆 반 애'나 '수업 시간마다 가위를 꺼내 피가 날 때까지 손톱을 자르는 그 애'도 길고 복잡하다. 딱히 적당한 표현은 없으나 그 숫자와 강도가 해마다 더해가는 그 아이들, 그들을 '금쪽이'라는 단어로 통칭해준 제작진에게 감사를.

해가 갈수록 나의 인간관계는 좁아지는 중이다. 다행이라면 좁아진 만큼 깊어진다. 호기롭게 사표를 쓰고 뛰쳐나온 처지지만, 나는 여전히 얼마 안 되는 인간관계의 대부분을 현직 교사들과 간신히 이어가는 중이다.

현직 교사들이 속한 모임에서는 모임 장소가 학교 안이든 밖이든 '우리 반 그 아이'가 단골 소재일 때가 빈번하다. 나는 어찌 저런 아이를 낳지 못했는가 싶게 사랑스러운 아이도 있지만, 어서 빨리 이번 학년이 끝나기만을 기도하게 만드는 아이도 있다. 보통의 직장인들이 상사와 거래처 직원에 대한 어려움을 토로하며 하나가 되듯, 교사들은 직장 상사인 교장, 교감 선생님과 반 아이들에 관한 고충을 나누며 서로에게 위로받는다. 대화에서 '금쪽이'는 이런 식으로 활용된다.

> "올해 우리 반에 금쪽이가 두 명밖에 없어서 작년보다는 훨씬 수월해."
> "먼 학교로 발령 나서 출퇴근도 힘들어졌는데, 올해 금쪽이가 다섯 명이나 있어서 큰일이야."

이렇게 말하면 척 하고 알아듣는다. 반에 금쪽이가 한두 명 정도면 축하를, 다섯이 넘어가면 위로를 보낸다. 우리 반 금쪽이의 숫자가 교사 개인의 일 년은 물론, 학급 전체의 일 년을 좌우하므로 이를 파악하는 것은 학년 초 주요 과업 중 하나다. 어느 해, 1학년 금쪽이 일곱을 품어야 했던 선배 교사는 잦은 방광염 재발로 삼 개월이 넘도록 항생제를 달고 살다 끝내 질병 휴직을 신청했다. 염증의 시작은 스트레스로 인한 면역력 저하다. 금쪽이가 겨우 한 명이었지만 그 강도가 거대해지는 6학년이었던 탓에 끝내 정신과 진단서를 제출했던 옆 반 선생님도 있었다. 당시 우리 반에도 만만찮은 금쪽이가 있었던 탓에 사직서를 가슴에 품고 출근하던 시절이었다.

금쪽이의 숫자가 왜 이렇게까지 가파르게 증가하는지, 혹은 이에 관해 어떤 특별법이 제정되어야 하는가 등에 관해 논하려는 게 아니다. 이미 충분했다. 지난 시간, 대한민국 국민이라면 여러 충격적인 사건을 통해 교실 속 금쪽이의 실체와 그 부모들의 대처에 경악했고 함께 분노했다. 꺼내지 못했던 여러 호소가 터진 둑의 물살처럼 쏟아져 나왔고, 관련 기관마다 해결책으로 여러 시도를 시작했다. 뚜렷한 해결책을 마련했다고 보기엔 여전히 아쉬움이 남지만, 법과 제도는 점점 개선되리라 기대해본다.

정치할 것도 아니니 법이나 제도에 대해 섣부른 의견을 낼 생각은 없다. 내가 하고 싶은 얘기는 따로 있다. 내 아이는 절대 금쪽이가 아닐 거라 믿고, 금쪽이가 아니기를 간절히 바라며 금쪽이를 키우는 중인 엄마들에게 들려주고 싶은 얘기다.

일 년을 지냈던 캐나다의 시골 마을에서는 가정마다 개 한 마리가 기본이었다. 너른 마당이 딸린 띄엄띄엄 지어진 단독주택은 사람에게도 개에게도 너그러운 환경이었다. 그런 집에 월세 들어 살던 우리도 개를 길러볼까 싶었지만 곧 떠날 계획이었기에 마음을 접었다. 아는 이하나 없는 시골 마을에 가난한 외국인으로 살아야 했던 우리 넷은 주로 동네 산책을 하며 지루한 일상을 보냈다. 시골은 한국이나 외국이나 별 차이가 없다.

그렇게 산책하다 보면 개를 끌고 나온 동네 주민들과 자주 마주쳤는데, 신기하게도 모든 개가 놀랄 만큼 예의 바르고 온순하여 사랑스러움이 흘러넘쳤다. 낯선 우리를 보고 짖거나 달려들거나 으르렁거리는 법이 없고 쓰다듬어주기만 하면 누구에게나 흔쾌히 앞발을 척 내밀고 꼬리를 흔들며 기분 좋은 내색을 했다.

이렇게까지 모든 개가 사랑스럽고 온순하게 성장한 비결은 무엇일까? 묘하게 한국의 개들과 다른 성격 차이는 어디에서 비롯된 것일까? 너른 마당이 딸린 단독주택

에서 자란 덕분일까? 겨우 그 차이뿐일까? 온 동네 개가
모두 그러하다면 집도 다르고 주인도 다른 이 개들에게
는 어떤 공통점이 있을 것이다.

어느 날 아홉 살 먹은 개를 끌고 산책 나온 주인과 몇
마디 섞을 일이 생겼다. 이때다 싶어 개를 어쩜 이렇게
잘 키우셨냐고, 개가 정말 사랑스럽다고, 이 동네 개들은
다들 착하고 온순한데 무슨 비결이 있느냐고 물었다.

답변은 명쾌하고 단호했다. 어릴 때 훈련을 제대로
받은 강아지는 평생 사랑을 받으며 살아가게 된다고. 이
개 역시 어릴 때 훈련 센터에서 호되게 2주간 훈련을 받
았더니 언제 어디서든 해서는 안 되는 행동은 절대 하지
않는단다. 덕분에 가족과 동네 사람들의 사랑과 칭찬을
듬뿍 받는다고. 그래서 어릴 때의 교육이 정말 중요한 거
고, 개의 성정이 자리 잡히는 생후 얼마간의 결정적인 시
기를 놓치면 안 된다고 강조했다. 오은영 선생님이 나타
나신 줄 알았다. 원래 순한 종자여서가 아니라 생애 초기
의 집중적인 훈련을 통해 지금의 모습으로 길들여진 것

이었다.

유튜브 운영 초창기였고, 어떤 내용의 영상을 만들지를 고민하던 나는 이 두 가지 키워드에 완전히 마음을 빼앗겼다. 지금 이 내용은 자녀교육에 적용해도 손색이 없었고, 나는 영상에 쓸 내용을 건졌다는 기쁨에 들떴다. 사람이 목숨 걸고 유튜브를 하면 이렇게 된다.

첫 번째 키워드는 '생애 초기'라는 시점이다. 강아지의 평균 수명과 성장 속도를 고려해보면 태어나 훈련을 마치기까지 걸리는 기간은 사람에겐 부모와 함께 살아가는 생후 이십 년과 맞먹는 시간이라고 봐도 무방할 듯하다. 완성되지 않은 시간, 아직 배워야 하고, 배움을 통해 변화될 수 있고, 인생을 어떤 모습으로 살아갈지 결정되지 않은 '가능성의 시간'. 이 시기에 어떤 어른에게 어떤 가르침을 받았느냐에 따라 한 사람의 삶은 그 색을 달리하게 된다.

두 번째 키워드는 '안 되는 행동'이라는 명확한 기준

이다. 아이 생애 초기에 안 되는 행동은 안 되는 거라고 알려줄 수 있고 알려줘야 하는 유일한 어른은 바로 부모다. 부모가 안 되는 행동을 안 되는 거라고 알려주느냐 아니냐에 따라 평생 이 아이는 어디서든 사랑받고 환영받는 사람이 되기도, 혹은 그 반대가 되기도 하는 것이다. 다시 말해 금쪽이가 될 수도, 아닐 수도 있는 것이다. 금쪽이들만의 선명한 공통점은 안 되는 행동이 안 되는 행동인지 모른 채 반복한다는 것인데, 생애 초기인 지금, 부모인 우리가 제대로 가르쳐주기만 한다면 금쪽이가 될 뻔한 아이도 얼마든지 달라질 수 있다. 바야흐로 넉넉한 가능성의 시간이다.

눈치챘겠지만 나는 금쪽이를 키우는 엄마다. 이 아이가 커가는 모습을 지켜보는 주변의 따뜻한 이웃들은 걔가 왜 금쪽이냐고, 진짜배기 금쪽이 보지도 못했냐며 위로를 건네지만, 모를 리가 있나. 금쪽이의 기준이 앞서 말한 대로 '안 되는 행동'을 반복하는 것이라면 이 아이는 금쪽이가 확실하다. 우리 집의 금쪽이는 중학교 3학년인데, 나이도 먹을 만큼 먹었으면서 교실에서 안 되는 행동을 반복하여 친구들을 불편하게 만들고, 담임 선생님을 귀찮게 만들고, 엄마를 곤란에 빠뜨리거나 끝내 눈물짓게 만든다. 아주 그냥 미쳐버리겠다.

　그래서 난 좀 바쁘다. 금쪽이에게 주어진 생애 초기 훈육 기회가 이제 고작 사 년 정도밖에 남지 않았기 때문이다. 해도 되는 행동과 안 되는 행동을 반복해서 알려주고, 아무리 말해도 안 되는 행동을 또 할 때면 눈물이 쏙 빠지게 혼을 내고, 이전보다 조금이라도 발전한 모습에는 터질 듯 꽉 안아주면서 풍족한 자유시간을 허락하는 것으로 지금의 칭찬을 몸이 기억하게 만든다.

　엄마로서의 내 꿈은 이 아이가 내 눈에만, 집 안에서만 사랑스러운 아이로 기억되지 않는 것이다. 피 한 방울 안 섞인 남의 눈에도 기특하고 사랑스럽기를, 이해관계가 첨예하게 오가는 집 밖에서도 먼저 챙겨주고 싶고 흔쾌히 도움을 건네고 싶은 사람이기를 간절히 기도한다. 그러기 위해서는 안 되는 행동을 반복하지 않아야 하고, 차츰 줄여가야 하고, 끝내는 그만해야 한다. 이 아이의 존재가 집 밖의 사람들에게도 부담스럽지 않아야 한다. 엄마인 내게도 때때로 부담스러운 존재인데, 생판 남인 그들에게 친절과 배려와 희생을 호소해봐야 헛일이다. 사람은 누구나 본인에게 조금이라도 도움이 되는 사람에게 끌린다. 계산적이고 이기적이어서가 아니라 사람이니까 그런 거다. 냉정하지만 사실이고 현실이다.

내가 부모로 근무 중인 우리 집에서 '단 한 명의 금쪽이도 양산하지 않겠다'라는 목표로 바라보면 육아는 자못 심플해진다. 아이는 오늘도 안 되는 행동을 할 것이고, 그것을 반복하지 않게 하는 것을 육아의 목표로 삼으면 된다. 그 방법이 크게 화를 내고, 호되게 체벌하여 두려움에 떨던 아이를 끝내 울게 만드는 것이 아니면 좋겠다. 엄마가 어떤 표정과 규칙과 말투를 보였을 때 아이가 비교적 협조적인지를 알아내어 이후의 훈육에 적용하는 건 엄마 말고 누구도 대신해줄 수 없다. 엄마마다 아이마다 섬세하게 다르다 보니 그 어떤 전문가도 섣불리 조언하기 어려운 부분이다.

엄마의 숙제다. 엄마 숙제가 왜 이렇게 많으냐고, 안 그래도 할 것 많은데 이것까지 해야 하냐고 투덜대려던 참이라면 이 숙제만 하라고 말해주련다. 이거만 하자, 이 거라도 제발 좀 제대로 하자. 이거 하느라 애 공부 놓치면 책임질 거냐고 눈을 동그랗게 뜨고 따지듯 묻는다면 할 말이 차고 넘친다. 어이 거기 엄마, 오늘 잘 만났어요, 내 얘기 좀 들어봐요.

"아무리 공부를 잘하고 좋은 대학에 합격하고 바라던 직업을 갖게 된다 하더라도, 부모 눈에만 사랑스럽고 우리 집에서만 왕이길 바라세요? 그렇다면 그렇게 키우세요. 성적이요? 그거 뭐 별거 있나요. 잘할 때까지 시키면 언젠가 잘하겠지요. 대학이요? 될 때까지 줄기차게 뒷바라지하다 보면 죽기 전에는 어딘가에 합격하겠죠. 우리에겐 시대인재 재종반(재수종합반)이 있으니까요. 그런데, 정말 괜찮으세요? 부모 눈에만 사랑스럽고, 우리 집에서만 왕 대접받는 아이, 정말 잘살 수 있을까요?

저는 실은 무지 온순하고 사랑스러웠을 이 아이가 혹여나 저의 무지함과 게으름 때문에 금쪽이로 성장해, 세상 사람들에게 외면받고 무시당할까 봐 두려워요. 어디에서도 환영받지 못해 집에 틀어박힌 채로 세상을 원망하며 외롭고 슬프게 하루를 보낼 어른이 된 모습을 아주 잠깐만 상상해도 눈물이 쏟아지고 미칠 것 같아요. 가끔 어떤 평온한 날에는 이 아이가 우리 가족뿐만 아니라 집 밖에서도 사랑받고 환영받는 모습을 그려보기도 하는데요. 전철 손잡이를 붙잡고도 실실 웃어요. 누군가에게는 제정신으로 안 보이겠지만 어떤가요, 저는 그 희망으로 오늘도 버티고 있는걸요. 그래서 이번 주에는 어떤 안 되는 행동을 조금이라도 덜 하게 만들어볼까, 진하게 탄 믹스커피를 호호 불어 마시며 다정한 눈으로 아이를 관찰해봅니다."

∞

엄마로서의 내 꿈은 이 아이가 내 눈에만, 집 안에서만 사랑스러운 아이로 기억되지 않는 것이다. 피 한 방울 안 섞인 남의 눈에도 기특하고 사랑스럽기를, 이해관계가 첨예하게 오가는 집 밖에서도 먼저 챙겨주고 싶고 도움을 주고 싶은 사람이기를 간절히 기도한다.

아이가 경험하는 어떤 것도 _____
대신해줄 수 없기에

　　엄마의 눈빛이 변하는 순간을 크게 세 가지 유형으로
분류해보았다.

　　첫째, 다소 평범해 보이는 아이 친구가 특정 과목이
나 영역에서 훨씬 앞서가는 레벨임을 알게 된 날, 잠은
다 잤다. 유치원 혹은 초등 저학년 시기에 흔히 겪는 일
이다. 아직 눈 돌아본 경험이 없었던지라 좀 세게 돌고,
여파가 크다. 결국, 멀쩡한 내 애를 잡고야 끝이 난다. 애
를 잡고 난 엄마는 자책하고 후회하지만, 이후에도 또 그

런 애를 발견하면 돌고 잡고 돌고 잡고를 반복하며 아주 조금씩 성숙한 인간이 되어간다.

둘째, 이런저런 실망만 안기던 아이가 기대치 않았던 어떤 영역에서 뜻밖의 성과를 보이며 꺼져가던 엄마 마음에 희망을 주기 시작하는 시기, 엄마는 해피엔딩으로 결론이 확정된 어느 단편을 집필하는 소설가로 변신한다. 그럼 그렇지, 누구 새끼인데, 내 기다리면 이럴 줄 알았다. 애 안 잡고 지금껏 기다린 나를 칭찬해, 오늘은 치킨이다. 두 마리, 콜. 그러나 그 성과가 일시적이거나 너무 부분적이어서 수습하기 어려운 실망감을 안기고, 뭐가 그리 좋아서 치킨을 두 마리나 시켰을꼬, 자신을 비웃는 것으로 마무리되는 게 대부분이다.

셋째, 도대체 맘이 없던 애가 공부 욕심을 내기 시작하는 시기, 아이에 따라 그 시기는 편차가 매우 커서 초등 고학년이기도, 고3이기도 한데, 정말 늦게는 재수종합반에 등록하고 돌아오는 길에 눈이 도는 엄마도 있다. 하려고 하는 것만도 기특하고 고마워 거의 매일 저녁 고기를 구워 먹이고, 남일로만 여기던 학원 설명회 앞자리를 차지하고, 수험생 영양제를 검색해서 사들인다. 왜 저렇게 극성일까 싶던 엄마에게 오랜만에 카톡을 보내어 안부를 묻는 척하며 그 집 아이의 근황과 최신 교육 정보를 수집한다.

이 지점에서 함께 묵상해보자. 눈이 도는 건 나쁘기만 한, 비난받아 마땅한 욕심 많은 엄마의 잘못된 행동일까? 내 생각은 다르다. 왜 이렇게 되는지 근원을 생각해보면 답은 간단하다. 이 아이가 본인의 꿈을 이루길, 다들 꿈꾸는 여유롭고 행복한 삶을 영위하게 되길, 아이만큼은 나보다 더 나은 선택의 기회를 갖게 되길, 그 풍족한 선택의 기회를 통해 적어도 나보다는 덜 고생하고, 더 자주 행복을 만끽하게 되길 바라는 마음, 이 마음이 시작이기 때문이다. 엄마가 아니라면 세상 그 어떤 사람이 내 아이를 위해 이렇게 간절한 소망을 품고 기도하며 매일을 살아갈 것인가.

지금의 우리가 어린 시절 '엄마'의 투박하지만 간절

한 기도를 먹으며 자라왔듯 우리 역시 그러하다. 그 모습이 서툴고 과도한 탓에 손가락질을 받기도 하지만, 내가 낳은 소중한 생명체에 대한 뜨거운 사랑에서 비롯되었다는 점은 부인하기 어렵다.

눈이 돌아야 엄마다. 돌아도 괜찮다. 돌아야 한다. 눈이 도는 자신을 경험하며 내가 얼마나 욕심 많은 엄마인지 확인하는 시간이 필요하고, 아무리 욕심 많아도 결국 아이가 하지 않으면 눈이 세 바퀴가 돌아도 의미 없다는 사실을 배우는 경험도 필요하다. 사람마다 각자의 속도와 각도로 돌았던 눈은 번뇌와 자책과 후회와 다짐을 반복하다가 끝내 다시 제자리로 돌아올 것이다.

지금 눈이 돌아갔다면 지금의 생생하고 의욕 충만한 심경을 만끽하라. 다만 얼마 안 가 후회할 과도한 행동은 자제하길 바란다. 돌아갔던 눈이 제자리로 오는 중이라면 돈 주고도 못 사는 귀한 경험에 감사하며 다시 반복하지 않도록 마음 부여잡길 바란다. 아직 돈 적이 없고 왜 눈이 도는지 이해되지 않는 상태라면 아주 조금 먼저 눈이 돌아간 어떤 엄마를 너무 이상한 여자로 취급하지 않기를 당부하고 싶다. 같은 엄마의 입장에서 일시적으로 눈이 도는 것쯤은 너그러이 이해할 수 있으리라 생각한다.

떠오르는 일이 있다. 큰애가 중학교 1학년에 입학하고 첫 학기를 보내던 시절이었다. 교육열로는 어느 학군에도 뒤처지지 않을 동네로 이사 와 낯선 학교에 입학한 아이도, 그 아이를 생전 처음 보는 중학교 교문에 밀어 넣은 나도 어리둥절하고 불안하던 시절이었다. 반 대부분 아이들이 수행평가를 준비해준다는 학원에 다니는 분위기였는데, 그런 것도 모르고 태평하던 나는 말수 적은 아들이 가끔 짤막하게 전해주는 소식에 의존해 학교 분위기를 짐작하는 게 전부였다. 이사 온 동네였고, 맹렬히 유튜브 영상을 찍고 책 원고를 쓰느라 도대체 이 동네 시험은 어떻게 준비해야 하는지 아무것도 알지 못했던, 지금 돌이켜보면 터널 안에서 벽을 더듬거리며 느린 걸음을 걷던 시절이었다.

아이가 전해준 얘기는 충격적이었다. 그 얘기를 아무렇지 않게 전하는 거로 봐서는 한두 번 본 게 아닐 것이었다. 수행평가를 보는 날이 다가오면 친구들은 글자가 빽빽하게 적힌 어떤 종이 한 장씩을 들고 돌아다니는데, 외운다기보다는 그저 들고 다니는 경우가 많단다. 외워서 그대로 써내라고 종용한 어른들이 준비해준 것이었다. 그 어른은 대부분 학원 선생님이었고, 때로 엄마나 아빠, 과외 선생님이기도 했다. 어쨌든 그들 모두는 어른이었다. 어른이 미리 준비해준 내용을 외워 평가지에 잘 옮겨 적는 것이 이 동네 중학생들의 미션이었다.

여기까지는 그럴 수 있다고 생각했다. 초등교사였던 시절, 숙제를 내주면 기가 막히게 잘해오는데, 교실에서 해보라고 하면 못하겠다고 울상을 짓는 애들은 어느 반, 어느 학년에나 있었으니까. 아이를 돕고 싶은 부모의 마음이라면 그럴 수도 있다고 생각했으니까. 놀란 건, 그 아이들의 평가지였다. 모범 답안이 적힌 종이를 내내 들고 다닌 보람도 없이 한두 줄을 적어내는 것으로 평가를 마치는 애들이 적지 않았다. 못 외웠거나, 안 외웠거나.

그러면 그 어떤 어른이 도와줬다고 해도 좋은 점수를 받기는 요원하다. 스스로 준비했건, 도움을 받았건, 결국 머릿속에 넣었다가 꺼내어 평가지에 옮겨 제출하는 일은 아이만의 일인데 그걸 하지 않는다면 학원 선생님이 아니라 대학교수가 써준들 무슨 소용이 있으랴.

사정 모르는 부모가 형편없는 평가 결과를 항의하기 위해 학교에 전화하거나 방문하는 일도 드물지 않았다. 분명히 기똥차게 잘 준비해갔는데 성적이 왜 이러냐며 항의하는 부모는 아이의 휑한 답안지를 확인하고 놀라 말없이 귀가를 서두른다.

고등학교에 입학해보니 여기가 또 어마어마하다. 아, 입학도 하기 전에 한차례 겪었다. 자사고 입시를 위해 면접과 자기소개서를 준비하다 보니, 학교에 맞춰 자기소개서를 대신 써주는 업체가 있다는 것을 알게 되었다. 첨삭 정도 해주려니 했던 내가 순진했다. 입학하고 보니 이 바닥도 가관이다. 대학 입시에서 수시 원서 여섯 장의 승패를 가르게 될 학교생활기록부. '컨설팅'이라는 이름으로 생기부에 기재되는 탐구보고서 등의 자료를 대신 써 주겠다는 전문가들이 그 누구보다 바쁘게 움직이고 있었다. 대신해준 답지를 외워 수행평가를 적어내고, 대신 작성해준 탐구보고서로 생기부를 채우는 인생. 결국 우수한 성적으로 원하는 대학에 합격하리라는 예상이 가능하지만 부럽지는 않다. 대학 합격이 아이 인생의 유일한 목표나 도착점이 아니기 때문이다.

절대 잊지 말아야 할 사실은 아이가 경험하는 중인 그 어떤 것도 우리가 대신해줄 수 없다는 점이다. 시험장에 들어가 답을 찾아내는 것으로 자신의 실력을 증명해 보이는 건 아이 자신이다. 결국, 아이 본인의 힘으로 결과를 만들어내야 하는 치열한 경쟁이라는 걸 너무 잘 알면서, 아예 모르는 사람처럼 행동할 때가 우리는 너무도 많다. 엄마인 내가 더 안달하고 들볶으면 시험장에 앉은 아이가 조금 더 힘을 내주지 않을까 하는 말도 안 되는 기대를 하며 말이다. 혹은 내가 조금 더 최선을 다하면 아이의 점수가 1점이라도 더 오르지 않을까 하는 역시나 근거 없는 기대를 한다. 내 아이에게 실패할 기회를 기꺼이 주겠노라 다짐했다면, 내 아이에게 감정당할 기회를 기꺼이 허락하는 것도 엄마의 선택일 것이다. 그 어떤 감점도 흠집도 없이 그저 꽃길만을 걷게 하기 위해 발 벗고 나서는 엄마를 사실 아이는 멀찍이 떨어져 다정하게 관찰하고 있을지도 모르겠다.

엄마가 저렇게까지 애쓰는 게 안쓰러워 '나도 뭐라도 좀 해볼까' 하는 마음을 어쩌면 슬쩍 품게 될지도. 하긴, 그게 안쓰러워 열심히 할 거였으면 진작 했겠지.

∞

이 아이가 본인의 꿈을 이루길, 다들 꿈꾸는 여유롭고 행복한 삶을 영위하게 되길, 아이만큼은 나보다 더 나은 선택의 기회를 갖게 되길, 그 풍족한 선택의 기회를 통해 적어도 나보다는 덜 고생하고, 더 자주 행복을 만끽하게 되길 바라는 마음, 이 마음이 시작이기 때문이다.

4장

중요한 것은
진심보다 태도

다정함

알아차리지 않으면 _____
누구나 '진상'이 될 수 있다

　좋은 사람들과 저녁 모임이 있는 날이었다. 거의 매일 가사와 일에 묻혀 지내는 나는 모처럼의 콧바람에 들떠 있었다. 아줌마가 백바지에 핸드백 들었으면 말 다 한 거다. 모임 10분 전, 딱 적당하게 약속 장소 도착 완료. 숨 돌리기 무섭게 둘째 아이 학교의 도움반 선생님 번호가 울린다. 둘째에게 '선생님'이라는 존재가 생기기 시작한 십여 년 전부터 지금까지 선생님 전화번호가 뜨면 땀부터 난다.

통화 버튼을 누르는 손이 작게 떨린다. 나 지금 백바지 입고 놀러 나왔는데, 제발 큰일은 아니어야 할 텐데. 불길한 마음을 숨기려 애써 밝은 척, 목소리 톤을 올린다. 그래 봤자 달라지는 건 없다는 걸 알면서도 그런다.

"아이고, 선생님. 안녕하세요? 바쁘신데 전화를 다 주셨네요. 규민이 혹시 학교에서 무슨 일이 있나요?"
"네, 어머니. 잘 지내시죠?"

규민이 어머니는 하루도 잘 지낼 수 없다는 거 아시면서.

무거운 사안을 들고 온 선생님이 별일 아닌 척을 하는 중이란 걸 눈치 빠른 내가 모를 리 없다. 백바지에 핸드백 들고 아이라인 긋고 모임에 도착한 지 겨우 1분 됐는데, 그런 내게 이건 너무 잔인한 상황 아닌가. 하늘도 무심하다.

어찌 됐든 백바지는 내 사정이고, 퇴근 시간을 훌쩍

넘겨서 전화를 하셨다는 건 무거운 사안이라는 거다. 선생님은 지난 얼마간 아이의 학교생활 중 개선이 필요한 부분을 하나씩 꺼내기 시작하셨다.

"규민이가 수업 시간에 선생님들께 개별적인 도움을 너무 많이 요청해서 수업에 지장을 주는 경우가 있대요. 질문 횟수를 조금 줄여보자고 대화를 한번 나눠주세요."
"규민이 책가방 속에 있던 태블릿에서 알림음이 나서 주변 친구들이 들었나 봐요. 그런데 규민이가 아니라고 계속 부인하는 바람에 친구들과 다툼이 있었어요."
"규민이가 복도에서 친구와 부딪혔는데 규민이가 크게 화를 내면서 그 친구를 손으로 밀쳤다고 하더라고요."

백바지 입고 들을 내용이 아니다. 오늘 뭐가 참 안 맞다.

어찌할 바를 모르는 어정쩡한 자세로 선생님의 조언을 하나하나 새겼다. 가슴인지 등인지 확실치 않지만 몸 어딘가에 날카로운 통증이 그어졌다. 빠르게 슬퍼지는 바람에 마음이 가라앉은 나는 다행히도 선생님과의 통화 막바지에서 큰 웃음이 터져버렸는데, 아이에게서 사춘기 특유의 체취가 심하게 나니, 아침마다 바디로션을 온몸에 덮어씌워 보내달라는 부탁을 머뭇거리며 꺼내신다. 웃을 일이 아닌가. 어쨌든 그 어떤 선생님도 이보다 더 섬세할 수는 없다. 선생님은 사안을 차례로 꺼내시기 전, 대략 3초 정도씩 멈추고 숨을 쉬셨다. 그 멈춘 시간 동안 어떤 고민을 하셨을지 나는 알 것 같았다.

선생님이 규민이 엄마에게 들켜버린 속마음은 이러할 것이다.

'규민이가 이런 것들만 조금씩 고쳐간다면 분명히 지금보다 친구들에게 더 호감을 줄 수 있고, 친구들과 선생님께 사랑받을 것 같고, 지금보다 덜 외로울 수 있을 것 같은데, 어쩌지. 벌써 한둘이 아니네. 통화하는 김에 확 다 말씀을 드려야 하나, 아니면 괜히 긁어 부스럼 만들지 말고 이쯤에서 슬쩍 마무리해야 하나. 아, 진짜 곤란해 미치겠네. 에라, 모르겠다. 그냥 다 말씀을 드리자. 고칠 부분은 고치는 게 규민이를 위하는 일이고, 규민이 엄마가 기분 나쁘게 오해하고 따질 사람은 아닌 것 같으니 용기 내어보자. 나는 할 수 있다, 아자아자, 파이팅!'

적어도 내가 지켜본 대부분 교사는 아이의 부족한 점을 엄마에게 전할 때 이런 떨리는 마음으로 셀프 격려를 한다. 무엇과도 바꿀 수 없이 귀한 마음이다.

"네네, 선생님. 어려운 말씀을 해주셔서 정말 감사드려요. 말씀해주신 것들, 규민이랑 하나씩 이야기 나누고 고쳐볼게요. 그리고 바디로션 팡팡 발라볼게요. 저는 맨날 같이 있어서 그런가, 냄새가 그렇게 심하게 나는 줄 몰랐어요. 알려주셔서 정말 감사합니다."

백바지의 아줌마는 전화기를 붙들고 하마터면 울 뻔했지만 끝내 미친 듯이 크게 웃으며 통화를 마쳤다. 대부분 이런 식이다. 내 귀여운 강아지는 자신을 둘러싼 모든 어른의 관심, 사랑, 인정, 훈육을 통해 멋진 성인으로 성장해낼 거라 믿어본다. 물론 지금은 상상하기 어렵지만. 겨우 이십 년 투자해서 팔십 년 동안 사랑받고 칭찬

받을 수 있다면 뭘 못하리.

　아이가 잘 자라길, 사랑받길, 환영받길 바라는 마음으로 용기 낸 교사의 전화에 진상으로 돌변해 들이받는 방법은 누구보다 내가 잘 안다. 시집살이를 호되게 당했던 며느리가 독한 시어미가 되듯, 그런 학부모에 숱하게 시달리던 교사였던 나는 이 상황에서 어떤 식의 반응으로 선생님을 곤란하게 만들 수 있을지 빤히 안다. 마음먹고 하기 시작하면 정말 잘할 수 있다. 선생님 지금 무슨 말씀하시는 거냐고, 왜 자꾸 내 아이만 색안경 끼고 바라보시냐고, 우리 애만 차별하시는 거 다 안다고 쏘아붙여 버리면 상황은 무지 쉽게 내 편을 들어준다. 선생님은 그런 뜻이 아니었다며 황급히 전화를 끊으실 거고, 의기양양해진 나는 듣고만 있지 않길 잘했다며 뿌듯해할 것이다.

　그래서 꾹 누른다. 선생님의 목록들이 아이를 지적하고 미워하기 위함이 아니라는 걸 알면서도 감정은 뜻대로 되지 않아 울컥하고 예민해지지만 그걸 눌러야 아이가 잘 자랄 수 있고, 선생님의 전화를 또 받을 수 있다. 내 마음만 잘 다스리면 내 아이의 교실 속 다정한 관찰자인 담임 선생님의 이야기를 선물처럼 들을 수 있게 된다. 나를 향한 지적이었다면 3 정도에 그쳤을 감정이 내 아이의 문제가 되면 300이 되어버리는 게 엄마다. 그래서 우리는 선물같은 조언을 놓칠 때가 많다.

아이에 관한 쓴소리를 용기 내어 꺼내는 선생님의 안타깝고 조마조마한 심정을 안다. 오늘 오후, 전화기를 타고 간신히 백바지의 아줌마에게 가닿은 이 조언들이 실은 수업과 업무에 치이는 선생님께서 얼마나 오랜 고민 끝에 내놓은 결과물인지도 말이다. 그뿐인가. 눈물 날듯 속상한 마음을 추스르고 흔쾌히 조언을 받아들여 고쳐 먹기로 결정한다면 아이의 일상이 어떻게 달라져갈지도 안다. 안다니 정말 다행이다.

저게 저절로 붉어질 리는 없다.
저 안에 태풍 몇 개, 저 안에 천둥 몇 개, 저 안에 벼락 몇 개.
'대추 한 알', 장석주

∞

둘째에게 '선생님'이라는 존재가 생기기 시작한 십여 년 전부터 지금까지 선생님 전화번호가 뜨면 땀부터 난다.

2주치 알약 14개를
홀랑 삼킨 아이

"엄마, 천천히 좀 걸어. 힘들어."
"빨리 와, 10분 있으면 접수 마감이야."

천천히 걸어도 되는 거면 왜 빨리 걷겠니. 낸들, 뭐…….
유축기까지 싸들고 다니며 모유를 먹인 보람은 다 어디 가고 아이들의 면역력은 하나같이 바닥이었다. 꽃가루가 시작되는 봄의 비염으로 시작해 독감, 수족구, 결막염, 신종플루까지. 뭐 하나 그냥 지나가는 게 없다. 인내심이 바닥난 엄마는 이럴 거면 분유 먹일걸, 투덜거린다. 하나는 업고, 하나는 태워 사흘에 한 번 소아청소년과에 출석 도장을 찍으러 다닌 게 벌써 몇 해째인지. 사는 게 지겹다는 말이 방언처럼 터져 나오던 시절. 동네 소아청소년과 간호사 선생님들과 대학 동창처럼 다정하던 시절이다.

그러던 어느 봄 저녁, 남편이 회식이라 혼자 먹이고 씻기고 뒷정리하느라 출근하면서 신었던 스타킹 차림으로 동동거리고 있었다.

"얘들아, 엄마 잠깐 이거 버리고 올게. 거기 통에 있는 약 꺼내먹고 있어."
"응, 엄마 잘 갔다 와."

초등 1학년과 2학년. 잠시지만 둘이 있을 수 있을 만큼 자란 아이들. 다시 현관문을 열고 들어가면 강아지처럼 달려 나오는데, 그게 귀여워 잠시 피로를 잊는다.

"둘이 잘 놀고 있었네?"

"응, 엄마 나 약 먹었어."

"아이고, 잘했어."

평화로운 거실. 애 다 키웠다. 기분이 좋았다. 아이가 꺼내 먹었다던 약통은 식탁 위에 얌전히 놓여 있었다. 애들이 건드리지 않게 서랍에 넣어야지 싶어 통을 들어 옮긴다. 그런데 이상하다. 조용하고 가볍다. 뒷목을 타고 흐르는 서늘한 느낌. 빈 통이다. 아무것도 없다. 한 알도 없다. 오늘 받아온 2주치 알약 14개가 몽땅 사라졌다.

신속하게 소리부터 질렀다. 좀 전의 다정한 엄마는 없다. 눈을 부릅뜨고 인상 쓰며 소리 지르는 사나운 아줌마가 나타났다.

"뭐야, 여기 있던 약. 다 어디 갔어?"

"어? 그거 내가 다 먹었어."

"뭐? 야, 너 미쳤어? 이걸 왜 다 먹어!"

"처음에 하나 먹었는데 뽀로로 비타민 맛이 나서 하나씩 더 먹다가 전부 다 먹었어. 큭큭큭."

돌았나.

거짓말이었으면 좋겠다. 눈알이 튀어나왔다. 손이 떨리고 머리가 하애졌는데 뭘 어떻게 해야 할지 떠오르지 않았다. 회식 중인 남편은 전화를 받지 않는다. 물론, 전화해도 당장 달려올 수 있는 거리가 아니다. 동네 병원들은 문을 닫고도 남을 시간. 애가 다쳐 응급실로 달려간 적은 몇 번 있지만 이런 경우는 처음이었다.

이럴 때는 119를 불러야 하는 건지 손가락을 목구멍에 집어넣고 쑤셔서 토하게 만들어야 하는 건지 몰라 약통을 손에 쥐고 식탁 주변을 쿵쿵거리며 뱅뱅 돌았다. 1층이길 천만다행이었다. 그 와중에도 아이를 향해서는 계속 큰소리로 화를 냈다.

"너 이 자식아! 정신이 있는 거야, 없는 거야? 이걸 다 먹으면 어떡해. 너 진짜 죽고 싶어?"

혼이 나간 엄마는 죄 없는 큰애를 마저 잡을까 하다 관뒀다. 이런 상황에서는 보통 지켜보던 큰애가 더 겁을 먹는다. 너는 동생이 그 많은 약을 다 먹도록 옆에서 뭐 하고 있었냐고 한마디 하려다 참았다. 그런 식의 모진 말은 이미 너무 많이 했으니까. 통제되지 않는 동생 때문에 동생 대신 혼나는 게 당연해진 큰애는 분위기를 파악하고는 이미 겁에 질려 있다. 아아, 이런 엄마로 살아도 괜찮은 걸까?

어쨌거나 지금은 지체할 시간이 없다. '약은 약사에게'라는 말이 퍼뜩 떠올랐다. 마침 근처에 늦게까지 운영하는 약국이 하나 있다는 사실과 함께. 약통과 약 봉투를 챙겨 들고 슬리퍼 바람으로 뛰쳐나갔다. 간다 온다 말 없이 사라진 엄마 때문에 아이 둘은 좁은 거실에 덩그러니 남겨졌다.

나는 고등학교 체력장 때 삼 년 연속 전교 꼴등을 했던 사람이다. 저녁 설거지를 막 마친 후라 꼴은 말할 것도 없었다. 해가 지고 어둑한 거리, 한 여성 추노가 약 봉투를 들고 미친 듯이 바람을 가른다. 지나던 사람들이 일제히 뒤돌아본다. 니들도 결혼하고 애 키워봐라. 나도 내가 이 꼴로 이 시간에 동네를 뛰어다닐 줄 알았으면 죽어도 결혼 안 했다.

"네에? 이걸 다 먹었다고요? 지금 아이 상태는 어떤가요? 제가 약국에 오래 근무했는데 이런 경우는 처음이라서요. 어떡해, 어떡해. 아, 어떡하지?"
"미치겠네. 애 괜찮을까요, 선생님? 지금이라도 데리고 응급실 갈까요?"

내 또래쯤 되어 보이는 가녀린 몸집의 약사님이 나보다 더 크게 소리를 지른다. 오히려 추노가 그녀를 진정시켜야 했다. 약국에 아무도 없던 게 다행스러웠다. 약 봉투에 적힌 약 이름을 검색하기 시작하는 그녀의 손이 살짝 떨린다. 그 옆을 지키고 선 추노는 열심히 손톱을 물어뜯었다. 손톱 주변의 여린 살들이 급하고 거칠게 뜯겨 나갔지만 아픔을 느낄 수 없었다. 그럴 정신이 있었다면 브래지어를 챙겨 입고 나왔겠지.

"아, 다행이에요, 괜찮겠네요. 괜찮습니다, 별일 없겠네요.”

선고가 내려졌다. 무혐의로 판결 났다. 항생제나 소염제 성분이 아닌 증상 조절을 위한 단순 알레르기약이었던 것이 주효했고, 알레르기약 중에서도 성분이 독하지 않은 점, 아이의 몸무게가 적지 않은 점 등을 충분히 고려한 재판장님의 선처였다.

울음이 터질 듯한 추노가 안정을 찾을 때까지 흰 가운의 천사가 같은 내용을 몇 번이고 반복해준 덕분에 추노는 결국 정신을 찾을 수 있었고, 호흡과 맥박이 진정되기 시작했다. 기뻐할 틈도 없이 추노는 또다시 집으로 달려야 했다. 그제야 아이들만 덜렁 두고 온 게 생각났기 때문이다. 브래지어의 부재는 여전히 모르는 듯했다. 죽고 사는 문제가 아니니 끝내 모르는 걸로 하자.

잡아먹을 듯 소리를 질러대다 말고 갑자기 뛰쳐나갔던 엄마가 환한 표정으로 돌아오니 아이들이 달려 나와 반긴다. 반가워 꼬리를 흔들어대는 강아지들. 강아지들이 싱글벙글한 건 엄마가 돌아와서일까, 아니면 오랜만에 보는 환한 표정 때문일까?

주말이었던 다음 날 아침, 추노는 머리를 감고 화사한 원피스를 신경 써 챙겨 입었다. 실은 추노가 아니었음을 굳이 증명하고 싶은 마음과 어젯밤의 난리 부르스에 정식으로 감사 인사를 드려야 한다고 생각했기 때문이다. 탐스러운 바닐라라떼를 가장 큰 놈으로 한 통 사 들고 아이들을 앞세워 약국으로 향했다.

"어제저녁이요? 아, 김 약사님이요. 아이가 어려서 파트로만 일하셨는데요, 아이들 때문에 힘드신가 봐요. 어제가 마지막 근무였어요."

낯선 어느 약사님이 바닐라라떼의 주인공으로 결정됐다. 추노는 그제야 어제의 상황이 이해되기 시작했다. 혼이 나간 추노에게 보여준 친절함, 따뜻함, 차분함, 공감, 위로 그 모든 것이 이해되기 시작했다.

그녀도 또래의 아이를 키우는 엄마였다. 만에 하나 그 약이 절대 한 알 이상 먹으면 안 되는 치명적인 성분이었다면 그녀는 어떤 방법으로든 추노를 도왔을 거라는 확신도 들었다. 엄마니까, 우리는 서로 누군가의 엄마니까. 엄마는 모르는 엄마를 아무 이유 없이 선뜻 도울 수 있는 신기한 사람들이니까.

내 아이를 기르고부터는 우리 반 아이들이 내 자식 같고, 아이 때문에 속상해하는 학부모들이 나인 것 같아 교실에 마주 앉아 울기도 많이 울었다. 지나친 감정 이입이 좋을 리 없지만, 눈물은 마음대로 되지 않는다. 조금 더 함께 있어주지 못하고 따뜻하게 대해주지 못하는 엄마라서 미안하고, 아이의 문제가 자기 탓인 것 같다며 티슈를 흠뻑 적시는 엄마들을 보고 있으면 눈물을 참아낼 방법이 없다.

나만 울보 선생은 아니었다. 둘째 아이가 2학년이 되어 담임 선생님을 처음으로 찾아뵌 날이었다. 교실 문을 살그머니 열고 겨우 선생님의 형체를 확인했을 뿐인데,

성질 급한 눈물이 벌써 시작이다. 오늘 상담 내용이 어두울 것은 뻔하지만, 우울하고 불쌍한 엄마로 보이는 게 싫어 화장을 두껍게 하고 상큼한 하늘색 가디건도 챙겨 입었는데, 모두 헛일이었다. 선생님과 눈이 마주치기 무섭게 눈물이 줄줄 흘러내렸고, 맥락 없이 엉엉 울기 시작했다. 그런 나를 보며 지방이 1그램도 없을 것 같은 늘씬한 몸매에 아나운서 뺨치는 수려한 얼굴의 담임 선생님도 눈물샘이 터져버렸다. 우리는 말 없이 서로를 바라보며 눈물이 멎기를 기다렸다.

아이의 학교생활이 항시 걱정인 규민이 엄마는 울음으로 꺽꺽거리며 공손한 첫인사를 꺼냈다. 그 중요한 순간, 이 아줌마는 주책스럽게도 솔직한 마음을 미처 숨기지 못했다.

"선생님, 흑흑. 근데 선생님 정말 예쁘세요. 엉엉엉"
"무슨 말씀을요. 규민이 엄마도 정말 예쁘시네요. 흑흑"
"아니에요, 선생님 정말 미인이세요, 엉엉엉"

개그 콘서트가 따로 없었다. 우리는 눈물, 콧물을 닦는 것도 모자라 코를 풀고 마스카라의 번짐을 확인하면서 서로 예쁘다며 칭찬을 주고받았다. 엄마들 사이에서 골드미스가 아니냐는 추측이 무성하던 얼음 공주 스타일의 담임 선생님과 나는 그날 마주 앉은 30분 동안 열 장도 넘는 티슈를 해치웠다. 나는 선생님의 눈물을 보면서 우리 선생님이 틀림없이 누군가의 엄마라는 걸 확신했다. 그게 아니라면 그렇게까지 함께 복받쳐 울 수 없는 노릇이었다. 선생님도 엄마니까, 엄마의 마음을 아니까 쏟아지는 눈물을 어쩌지 못하고 그 고운 얼굴을 망쳐버린 것일 터.

고왔던 우리는 벌건 눈으로 헤어졌고, 그 한 해, 몇 번이나 그렇게 티슈를 두고 마주 앉아 울었다. 선생님도 엄마라는 사실이 그해 내 최고의 행운이었다. 아이의 부족함이 모두 내 잘못인 것만 같아 눈물 없이는 말을 꺼낼 수 없는 절절한 마음을, 엄마들끼리는 말하지 않아도 안다. 우리끼리는 언제든 얼마든 함께 울 수 있다.

그녀는 정말 예뻤다.

∞

내 아이를 기르고부터는 우리 반 아이들이 내 자식 같고, 아이 때문에 속상해하는 학부모들이 나인 것 같아 교실에 마주 앉아 울기도 많이 울었다. 지나친 감정 이입이 좋을 리 없지만, 눈물은 마음대로 되지 않는다.

둘째가 웩슬러 종합지능검사에서
69점을 받은 날

둘째의 초등학교 입학이 다가오던 초겨울의 어느 날, 초등학교 영양사로 근무하다가 정년 퇴임 후 삼 년간 애들을 봐주겠다며 짐을 싸 들고 오셨던 친정엄마가 육 개월 만에 두 손 두 발을 다 들고 떠나버리셨다. 기나긴 육아 우울증 선배인 내 눈에는 엄마도 비슷한 증상인 듯했다. 이럴 때는 아이와 거리 두기만 한 치료제가 없다는 걸 알기에 잡지 못했다. 간신히 복직한 지 육 개월 만에 다시 휴직 시작이다. 내 인사 기록 카드는 병가와 휴직으로 덧칠을 거듭하고 있었다.

발달이 너무 느린 둘째가 일반 초등학교에 입학해도 괜찮을지 고민스러워 그 비싼 웩슬러라는 종합지능검사를 했다. 검사 결과가 나오는 날, 직접 가서 결과를 들었다. 69점이란다. 받고 싶어도 못 받는 기가 막히게 좋은 점수란다. 학교생활과 학습이 가능하면서도 장애 등록을 통해 혜택을 받을 수 있고, 군 면제도 가능한 점수. 이 점수가 나올 때까지 계속 검사를 시도하는 부모도 있고, 최근에는 제주에서 올라와 마침내 이 점수를 받아 간 아이도 있단다. 아이의 절망적인 지능 지수를 사이에 두고 축하를 받는 일은 폭력적이었다.

　　무슨 정신으로 운전해 집에 왔는지 기억이 없다. 비가 내리는 앞유리는 와이퍼로 닦을 수 있는데 눈물은 일일이 손으로 닦아야 하니 운전할 때 여간 불편한 게 아니다.

　　어찌어찌 집에 와서도 물 한 잔 못 마시고 식탁의자에 동상처럼 앉아 죄 없는 싱크대만 노려봤다. 때가 한참 지났는데 배가 고프지 않다. 아침부터 지금껏 먹은 게 없다는 생각도 하질 못했다. 개만도 못한 하루. 전화가 울린다.

"집에 왔어?"

"응. 아까 왔어."

"……뭐래?"

"69점이래. 어떡하지……."

"나와, 밥 먹자. 대책 세워야지."

"싫어, 기운 없어. 그냥 쉴래."

"먹고 쉬어. 애들 곧 와. 애들 오면 못 먹는다. 지금 놀이터에서 만나."

오늘이 검사 결과가 나오는 날인 걸 기억해준 유일한 동네 언니. 남편도 잊은 듯했다. 생긴 것만 멀쩡한 나의 남편은 웬만한 건 다 까먹는다. 마음이 없는 게 아니라 날짜와 숫자에 약해서 그렇단다. 그래 놓고 본인 약속이나 맛집 이름은 잊은 적이 없다. 말이나 못 하면.

점심 제안은 몹시 고마웠으나 이 난리 통에 무슨 밥.

목숨보다 귀한 막내의 장애 등급 신청을 위한 진단서와 검사지를 받아온 엄마가 밥이 넘어가겠나. 안 먹어도 되니까 일단 나오라기에 놀이터로 나갔다. 혼자 앉아 울고 싶진 않았다. 1학년인 큰애가 곧 돌아올 텐데, 짓무른 벌건 눈을 감추는 것도 곤욕스럽다.

"뭐 먹을래? 다 사줄게. 돈가스? 파스타? 햄버거?"
"언니, 나 떡국."

안 먹겠다 그러지나 말던가. 떡국이 불쑥 튀어나왔다.

이 언니도 나만큼이나 가난했다. 훤히 알면서 염치 없이 떡국을 먹고 싶다고 했다. 큰아이 초등 1학년 반 모임에서 알게 된 우리는 서로의 가난을 확인한 후로 단단하고 친밀해졌다. 하고 싶은 일과 먹고 싶은 것과 사고 싶은 것을 생활비 때문에 참아야 하는 씁쓸한 순간마다 동네 카페에 앉아 천 원짜리 커피를 교대로 사며 팍팍한 삶을 위로하는 사이였다.

그런 형편의 우리에게 떡국은 버킷 리스트 같은 것이었다. 그 떡국, 한번 가보고 싶었지만, 떡국 주제에 비싼 금액이 부담스러웠던 새로운 식당의 소고기 떡국이 불쑥 떠올랐다. 만 원이 훌쩍 넘는 진한 육수의 떡국을 퍼먹으며 참았던 눈물을 쏟았다. 식당의 뻑뻑한 티슈로 눈물과 콧물을 닦으며 김이 펄펄 나는 떡국을 비워냈다. 맛이 느껴지지 않았지만 배는 또 오지게 고파서 막일하다 새참 먹는 장정처럼 해치웠다.

왜 나와 내 아이에게 이런 일이 일어났는지, 누구든 걸리기만 하면 붙들고 따지고 싶었다. 이제 이 아이는 어떤 삶을 살게 되는 건지, 나는 아이를 위해 무엇을 해줘야 하는 건지, 할 수 있는 게 있기나 한 건지 고래고래 소리를 지르며 묻고 싶었다. 내 인생을 어느 시점으로 되돌려야 처음부터 다시 시작할 수 있는 건지도 말이다.

허겁지겁 쑤셔 넣은 떡국이 배에서 불기 시작하자 배가 차올랐다. 올챙이처럼 불룩해진 배를 보니 자괴감이 든다. 나는 친엄마가 맞는가. 드라마에서 보면 이럴 땐

식음을 전폐하고 드러눕던데, 왜 나는 떡국 한 그릇을 국물까지 비워냈는지. 너무 배가 고파 그런 거였다면 물에 식은 밥이나 말아먹는 정도로 참담한 마음을 다스렸어야 하는 것 아닌가. 단순히 허기를 메우기 위함이라고 하기엔 너무 잘 먹었다. 이놈의 식탐을 어찌할까. 불안과 식탐은 정비례한다. 그래서 엄마들이 살을 못 뺀다.

내가 쓴 글 중에 『초등 매일 공부의 힘』이라는 책이 있는데, 유독 펼치자마자 눈물이 핑 돌았다는 독자 후기가 많았다. 책을 여는 머리말의 제목 탓인데, '이제 그만 불안했으면 좋겠습니다'가 그 문장이다. '엄마라는 역할'이 '불안'이라는 감정과 매일 싸워야 하는 것인 줄 알게 된 어리고 서툰 엄마들이 이 한 줄에 아기처럼 엉엉 울었다.

그 문장을 쓰면서는 독자인 엄마들에게 혹시 지금 좀 불안하냐고 물을 필요가 없었다. 엄마라면 누구나 불안하다는 걸 아니까. 우리는 잘해도, 못해도 불안할 수밖에 없는 과잉 정보의 시대에 살고 있다. 나 혼자는 좀 부족하고 어설퍼도 어찌어찌 살아갈 수 있을 것 같은데, 내

목숨보다 아끼는 작고 연약한 존재를 이 험하고 치열한 세상에 내어놓는 순간마다 불안하지 않다면 이상한 일. 매일 불안이라는 감정과 싸워야 하는 게 엄마라는 존재의 본질이고 일상이 되어버렸다.

멋진 척, 그런 문장을 턱 하니 써서 말짱하던 엄마들을 엉엉 울게 만든 나란 사람은 어떠냐고 묻는다면, 대범한 척, 평온한 척하는 그 말, '이제 그만 불안했으면 좋겠습니다'는 실은 나에게 매일 하고 싶은 말임을 고백하려 한다. 불안한 내가 불안한 나에게 매일 하는 말이다. 불안이라는 건 한순간의 결심으로 당장에 사라지는 만만한 놈이 아니다. 그래서 기도를 시작했다.

아이 인생 중 일 년만이라도 이해심과 인내심과 지혜로움이 바다보다 넓고 깊은 담임 선생님을 배정해달라. 많이 부족하지만 나름의 애를 쓰며 자라는 중이니 그 모습을 조금만 여유 있게 바라봐줄 따뜻한 눈빛의 어른을 이 아이에게 허락해달라. 엄마인 내가 먼저 그런 어른이 되기 위해 몸부림치며 뭐든 할 테니 나 말고도 그런 어른을 단 몇 명만 더 허락해달라.

내게 아주 조금만 더 자비를 베풀 수 있다면, 따뜻하고 선하고 의리 있는 단짝 친구 한 명만 같은 반에 붙여달라. 그리고 제발 그 친구와 딱 한 달만이라도 짝궁이든 모둠이든 청소 당번이든 함께 부대끼며 친해질 기회를 달라. 평생 남에게 해코지 한 번 안 하고 착하게만 살아온 엄마라는 사람들이 축 처진 어깨로 등교한 아이 뒷모습이 잊히지 않아 이 좋은 봄날 멍하니 창밖을 바라보다 눈물 왈칵 쏟으며 끼니를 거르지 않게 해달라.

열심히 살다 보면 좋은 날 오겠지 하며 매일 다람쥐 쳇바퀴를 돌리는 직장 엄마가 어느 컴컴한 구석에서 아이 때문에 터져버린 눈물을 추스르느라 남들 다 먹는 점심을 거르지 않게 해달라. 애들 늦지 않게 챙겨 보내느라 혼이 나가는 아침과 피로에 절어 그저 쉬고만 싶어지는 저녁밥까지는 바라지 않겠다. 그저 엄마인 우리가 점심을 거르지 않게만 해달라. 학교 재밌고 선생님도 좋으시고 단짝도 생겼다고 말해주는 아이 덕분에 모처럼 마음

푸근해진 엄마들의 뱃살은 올챙이처럼 볼록해지겠지만 그런 것쯤은 우린 정말 괜찮다.

아이만 잘 자라준다면 그깟 살들은 우리가 알아서 해결할 수 있다. 아이만 기운차게 아침마다 학교로 나서준다면 정신 차리고 기운 내어 뜀박질을 하든 바닐라라떼를 끊든 펑퍼짐한 원피스를 구하든 뭐든 다 할 테니 제발 내 아이는 행복하게 도와달라. 나는 정말 다 괜찮으니.

폭력적인 축하를 받게 했던 69라는 점수는, 지나고 보니 축하할 일이 맞았다. 지능 점수는 이후 뚝뚝 떨어져 급기야 60점도 채 닿지 못했다. 언젠가 다시 69점이라는 환상적인 점수를 받게 된다면 환하게 웃으며 진심으로 감사를 표하고 싶다.

♡

'이제 그만 불안했으면 좋겠습니다'는 실은 나에게 매일 하고 싶은 말임을 고백하려 한다. 불안한 내가 불안한 나에게 매일 하는 말이다.

중요한 것은 진심보다 태도

아이에게 줄 수 있는
가장 큰 안정감 = 엄마는 내 편

큰애가 중학교 3학년 진학을 앞둔 2월, 흔한 동남아 패키지 상품을 결제했다. 대학 가기 전에 마지막으로 해외로 나가는 가족 여행이 되지 않겠냐며 다소 비장한 마음이었다. 엄마들은 초등 입학, 3학년, 5학년, 중등 입학 등의 주요 전환기를 앞두면 비장해지는데, 언제나 그 누구보다 내가 가장 비장하다. 그토록 비장했던 것에 비하면 도저히 여행 준비를 할 여유가 없었던지라 적당한 일정의 패키지를 선택했다.

여행 둘째 날 아침, 사건이 일어날 조짐이 서서히 보이기 시작했다. 약속시간에 맞추어 호텔 로비에서 다 같이 만났고 출발을 기다리며 스몰 토크를 나누었다.

"어머, 진짜? 두 사람이 아빠랑 엄마였어요? 나는 엄마가 아들 셋을 데리고 온 줄 알았는데 아니었네?"
"아니야, 아무리 그래도 그 정도는 아니지. 나는 큰누나가 남동생 셋이랑 왔다고 생각했는데."
"어쩜 이렇게 아빠가 젊을까. 아들들이랑 같이 있으니까 그냥 누가 봐도 형이네, 형이야."
"도대체 이 아빠는 몇 살에 애를 낳은 거야, 이렇게 젊은데 애들을 다 키웠잖아?"

돌았나.
일찌감치 내려와 앉아 있던 우리 네 식구를 앞에 두고 같은 패키지 여행의 일원인 오십 대 부부 두 쌍이 한참을 시끄럽다. 덩치가 큰 두 아이들은 얼핏 고등학생으로 보였고, 반 팔 티셔츠와 반바지에 야구모자를 눌러쓴 애들 아빠는 평소보다 아주 조금 젊어 보였는데, 인생 최대 몸무게를 찍은 채로 푸석한 얼굴에 선크림과 파운데이션을 두껍게 올린 나는 다른 누구도 되지 못한 채 그냥 나였다. 마흔 중반의 중학생 엄마인 나. 하던 일들을 분 단위로 쳐내느라 겨우내 붙어 있던 두둑한 등살을 그대로 달고 출발한 건 인정하지만, 그렇다고 해서 남편의 엄마 소리를 듣는 캄보디아의 아침은 충격에 가까웠다. 공격은 여행 내내 무차별적으로 계속됐다.

"저거 봐, 저렇게 젊은 청년이 어떻게 애들 아빠야. 말도 안 돼. 보고 또 봐도 아빠는 아닌데, 그렇지 않아? 아무리 봐도 이 집은 누나랑 남동생 셋이야"

평소 남이 뭐라든 개의치 않는 성격의 남편과 아이들은 그들이 뭐라고 떠들거나 말거나 흘려들었지만 나는 서서히 가열되고 있었다. 이를 악물고 버틴 여정이 드디어 마무리되는 마지막 날 저녁, 누구 하나 다치거나 아프지 않고 계획한 일정을 마무리했다는 소박한 기쁨을 나누고 싶다며 회식이 열렸다. 현란한 조명 아래 시원한 생맥주. 안 그래도 흥 많은 그들은 술이 들어가기 무섭게 옆에 앉은 우리 가족을 안주 삼기 시작했다. 어쩜 그렇게 남편이 젊어 보여요, 라는 귀에 박힌 말을 다시 꺼내며 시동을 건다.

그럴 줄 알았고, 참을 수 있었다. 참아야 한다고 생각했다. 그만 좀 하시라고 정색해볼까 했지만 그러기엔 지난 4박 5일을 수양하듯 참아낸 것이 너무 아까웠다. 흘려듣고 피자나 양껏 먹자며 묵묵히 아이들을 챙기며 배를 채워갔다. 무례한 사람들에게 일일이 반응하지 않는 근사한 내가 마음에 들었다. 그러다 꼭지가 돌아버린 건 가이드님이 등판한 순간이었다. 4박 5일 내내 한시도 친절하지 않은 적이 없었고, 배려심과 섬세함의 끝을 보여주신 오래오래 기억에 남을 뻔한 참 좋은 분이었다. 여행이 마무리되는 게 홀가분하셨는지 생맥주를 걸치시고는 우리 테이블로 오셔서 묻지 않은 속내를 털어놓기 시작하셨다.

"이제 와 하는 말이지만 나도 규민이네 식구들 때문에 처음에 너무 놀랐어요. 도대체 이 네 사람이 어떤 관계인지 종잡을 수가 없더라고요. 아빠랑 엄마는 도저히 부부로는 안 보이고, 애들은 다 큰 대학생 같은데 넷이 한 식구라고 하니까 얼마나 놀랐는지 몰라요. 다들 그렇지 않았나요?"

그가 불을 붙였다. 패키지여행에서 가이드님의 존재는 교회로 치면 담임 목사님이고, 학교로 치면 담임 선생님인 건데, 그런 절대자가 규민 엄마의 노안을 공식 선언한 것이다. 그간 아무 말 없던 여러 테이블에서 규민이네의 첫인상에 관한 대화가 소곤소곤 시작되었다. 빗장이 풀린 것이다. 여기서 발끈하면 인정하는 꼴밖에 안 된다는 심정으로 가식적인 웃음을 짓고 앉아 버텼지만 더는 참기 힘들었다. 선물할 기념품을 몇 개 더 골라야겠다며 식당을 뛰쳐나왔다. 일단 걸었다. 어딘가에 이 화를 풀어야 하는데 그 어디가 어디인지를 도저히 모르겠다.

한참을 걷는 중에 남편에게서 전화가 걸려왔다. 받을 기분이 아니었다. 웃고 떠들며 생맥주에 감자튀김까지 야무지게 챙겨 먹던 아내가 갑자기 나가더니 연락이 끊

긴 상황. 남편은 아이들까지 동원해 온 거리를 뒤져 세상
이 무너진 표정의 아내를 찾아냈고, 그 순간 나는 누구에
게 화를 풀어야 할지를 정확히 알아차렸다.

'너, 내가 그 꼴을 당하고 있는데 피자가 넘어갔다 이
거지?'

숙소로 돌아온 나는 남편을 가둔 방문을 안에서 잠그
고 본격적인 화풀이를 시작했다. 이인실이라 아이들은
다른 방을 쓰던 중이었고, 평소보다 일찍 마무리한 일정
덕분에 내 깊은 분노를 조목조목 풀어낼 시간과 공간은
충분했다.

남편에 대한 애꿎은 화풀이의 주제는 '니가 내 편이
맞냐'였다. 떠들던 그들은 다시 안 볼 사람들이고, 우리
사정 모르고 하는 소리고, 뭐라 떠들건 상관없는 문제라
는 걸 나도 알고 있지만, 그들이 당신 아내를 두고 그렇
게까지 마음대로 지껄이지 못하도록 어떻게든 막아주었
어야 하는 거 아니냐는 게 내 논리였다. 자기 편이 등신

같이 당하고 있는데도 아무렇지 않게 듣고 있어도 되는 거냐며 대성통곡하며 서러워했다.

기가 막혀 말문이 막힌 건 남편이었다. 남편은 내가 그런 말을 듣고 다니는 줄도, 마음에 새긴 줄도, 그간 꾹 참아온 것 등을 아무것도 모르고 있었다. 내가 이런 내 마음을 말하지 않았기 때문이다. 아니 그게 이렇게 화가 날 일이며, 그 사람들에게 화를 내지 않은 게 그렇게까지 잘못한 거냐고 받아치는데, 말문이 막혔다. 들어주고 위로해줘도 시원찮을 마당에 지금 논리로 뭉개시겠다? 말하지 않아도 당연히 알 거라 믿은 내가 등신이었다.

퉁퉁 부은 눈을 선글라스로 가린 채 인천으로 돌아왔다. 왜 비행기에서도 안 벗냐고 애들이 물었는데, 잘난 니들 아버지 때문이라고 받아치려다 참았다. 나는 뒤끝이 보통 아닌 성격이라 문제의 오십 대 부부들과는 인사도 하지 않고 곧장 돌아섰다. 소심한 복수이자 마지막 자존심이었다. 길었던 여행의 빨랫감을 넣고 걷고 개고 넣으며 보낸 여행 후의 일상은 지난 분노를 잊기에 적당했던 덕분에 얼마 지나지 않아 이성을 되찾았고, 분노가 사라진 자리에는 부끄러움이 남았다.

듣기 싫은 말을 계속 들으면서 화를 참느라 힘들었던 건 인정, 하지만 그게 눈치껏 내 편이 되어주지 않았다는 이유로 남편에게 울부짖을 사안은 아니었음도 인정. 여행 끝에 난데없이 아내에게 화풀이를 당해야 했던 남편에게 미안한 마음이 들었고, 사과했다. 규민이 아빠는 그런 아내의 속상함을 눈치껏 알아주지 못했음을 사과했다. 당부도 함께였다. 속상하게 만들었으니 사과는 하겠지만, 앞으로도 알아서 잘할 수 있는 영역은 아닌 것 같으니, 그렇게까지 속상할 일이 생기면 미리 언질을 달라는 당부다. 다시 생각해도 착한 인간이다. 죄가 있다면 나이에 비해 젊어 보인다는 점.

이후로 한동안 '내 편'이라는 단어가 맴돌았다. 힘들었던 순간, 알아서 귀신같이 내 편이 되어주지 않은 남편에 대한 서운함에서 시작된 일이었기 때문이다. 반대로 생각해봤다. 남편이 힘들었던 순간, 나는 알아서 귀신같이 남편의 편이 되어주었던 적이 있었나. 더 정확히 말하자면 남편이 힘들어하는 중인지를 제때 알아차리는 것은 물론, 어떻게 하면 조금이라도 덜 힘들 수 있을지를 진지하게 고민해본 적이 있었던가.

'내 편'이라는 그럴듯해 보이는 단어를 들먹이며 사자처럼 울부짖었지만 실상 내 분노는 겨우내 챙겨 먹은 간식들 덕분에 후덕해진 외모에 대한 불만이 주원인이었다. 내가 봐도 좀 나이 들어 보이는 듯해 신경이 쓰이던 차에 그런 말을 듣자 기다렸다는 듯 자제심을 잃은 분노가 폭발해버린 것이다.

아이들이 커갈수록 좌절하는 일이 잦아지고, 그 좌절의 크기와 깊이는 최고 기록을 연거푸 갈아치우는 중이다. 아기띠를 메고 다니던 시절이 그리워질 만큼 고민의 종류와 크기는 확대되고 있다. 1학년 때 받아쓰기 두 개 틀렸다고 속상해하던 것이 얼마나 속 편한 걱정이었는지는 당장 2학년만 되어도 알 수 있을 만큼 아이의 학년과 고민의 강도는 정비례한다. 초등 때 공부를 많이 해두었다고 해서 고등 때 여유로운 것도 아니고, 초등 때 많이 놀았으니 마음먹고 시작하면 따라잡을 수 있는 것도 아니다. 아무리 해도 앞에 가는 애들이 수두룩하고, 앞에 가는 애들은 그 자리를 잃을까 불안에 떤다. 잘하든 못하든 학업 스트레스라는 묵직한 과제를 피할 수 없다는 점은 대한민국 학생들의 공통된 현실이다.

해마다 수능 시험이 치러진 저녁이면 뉴스에 시험장 모습을 담은 영상이 눈에 띈다. 시험장에 함께 간 엄마들은 아이를 꼭 안아주며 다정하게 격려하지만, 그 어떤 엄마도 교문을 통과하지 못한다. 결국 시험을 치는 건 아이의 일이다. 짧은 보도 영상에 엄마 역할의 모든 것이 상징적으로 담겨 있다. 아이는 본인의 인생을 자신의 힘으로 살아내야 한다. 심지어 장애를 가진 우리 집 둘째도 스스로 본인의 인생을 살아내야 하긴 마찬가지다. 그렇다면 나는 어떤 엄마가 되어야 할까?

내 편. 엄마가 아이에게 줄 수 있는, 주어야 하는 가장 큰 안정감은 '저 아줌마가 내 편이다'라는 확실한 믿음이 아닐까? 각자의 삶에 주어진 과제를 해결해나가는 길에 어려움은 기본값인데, 그때 아이에게 '내 편'이 있는가는 중요한 지점이 된다. 내 편이 있는 사람과 없는 사람은 해결하기 불가능해 보이는 높은 벽 앞에서 다른 태도를 보인다.

내 편인지 아닌지를 쉽고 확실하게 구분하려면 그간의 실수와 실패의 상황을 떠올려 보면 된다. 실수와 실패의 상황에서 같은 편은 방법을 찾고 다른 편이라면 다그친다. 아이는 성장하며 지겨울 만큼 계속 실수하고 실패할 것인데, 그때 엄마는 아이를 나무라고 다그치고 윽박지르는 존재가 될 것인가, 함께 머리를 맞대고 고민하여 끝내 방법을 찾아갈 것인가를 선택할 수 있다.

서로가 서로에게 편이 되어줄 수 있는 관계, 실수와 실패라는 결과에도 부끄럽지 않은 관계, 함께 머리를 맞대어 위기를 돌파하는 단단한 관계를 꿈꾼다. 대한민국에서 가장 정보가 많고, 가장 학벌이 좋고, 가장 돈을 많이 벌고, 가장 수능성적이 높았던 엄마도 대신 시험장에 들어가 줄 수는 없기에 우리의 일은 아이가 나를 저의 편으로 여기게 만드는 것뿐이다. 입시가 끝나거나 삶이 끝나갈 무렵, 왜 내 편이 되어주지 않았냐며 서로를 원망하는 일이 없기를 간절히 바라본다.

∞

아이는 성장하며 지겨울 만큼 계속 실수하고 실패할 것인데, 그때 엄마는 아이를 나무라고 다그치고 윽박지르는 존재가 될 것인가, 함께 머리를 맞대고 고민하여 끝내 방법을 찾아갈 것인가를 선택할 수 있다.

"부모잖아요.

부모니까 당연한 거예요. 부모니까"

"저는 아무것도 아니에요. 감독도 아니고 선수도 아니고, 저는 선수 시절엔 삼류였어요."

손흥민 선수의 아버지인 손웅정 감독님의 책 『모든 것은 기본에서 시작한다』를 네 번이나 읽고 최근에 다시 읽는 중인데, 최근 한 예능 프로그램에서 두 진행자 사이에 반듯하게 자리 잡은 초로의 남자에게서는 텍스트로는 표현되지 않았던 강단이 넘쳤다. 내가 누구라서가 아니고, 실제로 나는 내놓을 만한 그 누구도 아니지만, 나와 아들이 겪어온 시간에 대해서만큼은 할 말이 좀 있다는 것이다. 당차 보이지만 겸손하고, 엄격해 보이지만 느긋한 특유의 어투가 그의 진가를 명료하게 드러내고 있었다.

"아니, 아들을 월드 클래스로 키워내시다니 얼마나 대단하십니까!"라는 진행자들의 호들갑에 못 이긴 척 넘어올 만한데, 여간해 흔들림이 없다. 대단하니까 대단하다고 하는 걸 굳이 아니라며 선을 긋는 걸 보니 고집이 보통은 넘겠다. 본인을 삼류 축구선수 출신의 가난했던 아버지라고 소개하는 말투에는 어떤 과장도 느껴지지 않았다. 이들 가족은 한때 컨테이너에서 지낸 적도 있었을 만큼 가난했다고 한다.

언제 끝날까 싶은 최악의 시간이, 성공 이후에 돌이켜 보면 최고의 순간으로 기억될 때가 있다. 현재 소속팀인 토트넘과의 계약 이전에 몇 년이 그런 듯했다. 독일의 레버쿠젠 소속이던 시절, 아빠는 매일 꼬박 여섯 시간을 운동장 밖에 서서 팀 훈련 중인 아들의 동작 하나하나를 빠짐없이 지켜보았다. 진행자가 동네에 흔한 카페 하나 없었냐고, 왜 꼭 옆에 지키고 서 있어야만 했느냐고 물었다.

대답이 기가 막힌다. 낮에 팀에서 어떤 훈련을 받았는지 기록해두어야 저녁에 진행할 개별 훈련의 강도와 종류를 계획할 수 있기 때문이란다. 이유 역시 평범치 않다. 궂은 날씨 속에서 벌서듯 버텨야 했던 긴 시간. 무심한 듯 툭툭 털어놓은 몇 마디를 통해 그려볼 뿐, 이제는 다 지난 얘기인데도 어찌나 고생스럽게 와닿던지 게으른 마음으로 비스듬히 누워 있던 나는 자꾸 일그러졌다. 나만 그리 느낀 건 아니리라.

그의 이야기를 들으며 연신 감탄하고 안타까워하는 진행자들을 향해 손웅정 감독은 몇 차례나 이 말을 반복했다.

"부모잖아요. 부모니까 당연한 거예요. 부모니까."

그렇지, 부모네. 형도 아니고 삼촌도 아니고 선생님도 아니고 부모니까 그럴 수 있지. 그래야지, 부모라면 그 정도는 해줄 수 있지. 부모니까 당연한 거지.

그런데, 부모니까 정말 당연한 걸까? 부모라면 누구나 같은 선택을 할까? 그렇다면 나도 부모니까 같은 상황에서 아이들을 위해 그렇게 할 수 있을 거란 얘긴데 나는 머뭇거려졌다. 부모라면 모두 해낼 수 있고 해야만 하는 일인 듯 대수롭지 않게 말하고 있지만, 부모라는 이유만으로 능히 해낼 수 있는 크기의 일이 아니라는 걸 부모가 되어보니 알겠다. 부모로 살아보지 않았다면 부모니까 당연한 거라는 말에 고개를 끄덕이며 넘겼겠지만, 부모가 되어보니 당연한 건 아무것도 없었다.

우리 아빠는 지방 소도시 기차역에서 야간근무를 하셨다. 하루 걸러 하루는 집에 못 들어온 세월이 사십 년이 넘는다. 일근을 선택할 수 있지만 야근에는 수당이 따라왔다. 방학이나 주말의 아침이면 야근을 마친 붉고 지친 눈의 아빠가 쓰러지듯 방으로 들어가셨다. 그런 아빠에게 기차 냄새가 났다. 아빠 주무시니까 조용히 하라며 서로를 다그치는 4남매의 아침은 소란했다. 이렇게 환한 아침에 잠을 청하는 아빠의 모습이 신기하고 조금은 불쌍했지만 그러는 니가 더 시끄럽다며 깔깔거렸다.

아빠가 어쩌다 불룩한 검은 봉지를 들고 퇴근하시는 아침이면 명절처럼 설렜다. 봉지에는 기차역 매점에서 가격표를 확인하느라 머뭇거리며 담았을 크림빵이 들어 있었다. 땅콩 크림빵을 차지하겠다고 실랑이하던 4남매는 아빠의 야근 덕에 대학을 마칠 수 있었다.

언니가 사립대에 갔기 때문에 학비 저렴한 교대에 떠밀려 가야 했던 나는 친구들 다 가는 사립대가 당연한 줄로 알고 내내 투덜거렸다. 서울로 발령받을 기회가 있었음에도 4남매를 이끌고 서울에서 입에 풀칠할 형편이 되지 않아 포기해버린 아빠가 겁쟁이처럼 느껴졌다. 그때 아빠가 서울행을 결심했더라면 자식인 우리 인생이 좀 달라지지 않았겠냐며 아빠를 돌려 까던 시절이 있었다. 부모라는 이유로 당연한 건 아무것도 없다는 걸 몰랐던 마냥 화창하던 시절이었다.

　엄마는 매일 아침 여섯 개의 도시락을 쌌다. 고등학생이던 언니와 나는 두 개씩 가져가야 했다. 엄마니까 도시락을 싸는 건 당연한 줄 알았다. 소시지와 계란말이가 담긴 친구들의 도시락이 부럽고 내 것이 부끄러운 마음에 나름의 불평을 제기해봤지만, 그놈의 콩자반과 무말랭이는 수능 시험장까지 기어이 따라왔다. 조금 더 기름지고 촉촉한 반찬을 담아주지 않는 엄마에게 내내 서운했다.

　4남매의 아침밥을 늦지 않게 차려내고, 도시락 여섯 개를 싼 엄마가 그 좋아하는 파운데이션도 못 바르고 뛰듯이 출근해 받은 몇 푼의 월급으로 문제집을 살 수 있었던 것도 모르고, 나만 H.O.T 장갑이 없다며 서운함에 사무친 일기를 두 쪽이나 썼다. 그럴 시간에 단어나 좀 더 외웠다면. 부모의 역할을 당연하게 여기던 해맑은 자식들은 그나마 도시락 한 귀퉁이에 김이 들어 있던 날도 있었다며 엄마의 도시락을 추억하는 척하며 비웃었다. 부모로 살아보지 못했던 시절이었다.

그랬던 내가 엄마가 되었는데, 몹시 당황스러웠다. 나의 부모가 나에게 해주었던 일들, 대부분 부모가 자식을 키우며 당연하다는 듯 해왔던 일들이 무엇 하나 쉽거나 당연하지 않다는 사실을 깨닫게 된 것이다. 아빠, 엄마가 평생 당연하다는 듯 자식들을 위해 해왔던 일들이 지금의 나는 일 년 아니, 한 달도 선뜻하기 어려울 만큼 힘들고 귀찮고 해도 티도 나지 않는 일들이었다는 걸 이제야 알았다. 깨달을수록 점점 더 놀랍고 기가 막혔다.

그렇게까지 힘든 일들을 참으로 오랜 시간 해왔으면서 실은 무지하게 힘들었다는 말을 왜 한 번도 꺼내신 적이 없는지, 왜 우리를 키우면서 행복하고 좋았던 일들만 계속 얘기해서 부모로 사는 일이 좋기만 한 거라고 착각하도록 만들었는지 묻고 싶다. 아빠는 잊을 만하면 한 번씩 내 지난 인생은 참으로 평탄했노라고 얘기하시고, 엄마는 너희들이 이렇게 잘 살아주는 덕분에 편안한 노후를 보내게 되어 고맙다는 장문의 카톡을 보내신다.

실은 너무 힘들고 고단해서 야근을 때려치우고 싶은 적이 한두 번이 아니었지만 자식들을 위해 이 악물고 참았던 거라고, 냉장고를 뒤지고 또 뒤져도 입 벌리고 기다리는 도시락통 여섯 개를 채울 반찬이 마땅치 않아 어제 아침의 그 반찬을 담아야 했었다는 말을 왜 한 번도 안 했는지 묻고 싶다. 대체 인생이 뭐가 그리 평탄했고, 뭐가 그리 고마운 건지 한번 제대로 따져보자고 종이와 펜을 꺼내와 마주 앉고 싶다.

얼마 전, 둘째가 교회 수련회를 떠나는 아침이었다. 중학생의 수련회는 무려 2박 3일이다. 아이보다 내가 더 설레었다는 사실을 알 리 없는 순진한 아들에게, 잘 다녀오라고, 많이 보고 싶을 거라며 적당히 애정 어린 거짓말을 들려 보냈다. 팬티 두 장, 양말 세 켤레, 잠옷과 성경책을 가지런히 담은 캐리어와 함께 교회 앞에 내려주고 유턴을 하는데, 벌써 상쾌하다.

교회로 입장하는 뒷모습을 확인하기 무섭게 기쁨을 참지 못하고 카톡 채팅방을 열었다. 엄마와 아빠를 비롯한 친정 식구들이 모여 있는 채팅방에 이 기쁜 소식을 담담히 전했다. 상을 받았다는 소식도, 반장이 되었다는 소식도 아닌 2박 3일 수련회 출발 소식을 말이다.

"축하한다."

가장 먼저 날아온 엄마의 짧은 축하. 연이어 터지는 친정 식구들의 폭죽 이모티콘. 내가 이놈을 키우며 얼마나 빠른 속도로 노화하는 중인지는 누구보다 친정 식구들이 잘 안다. 가장 가까이에서 안타깝게 지켜보는 이들이다. 비슷한 또래 아이를 키우며 함께 늙어가는 단체 채팅 속 그들은 축하와 부러움의 메시지를 보내왔다. 본인의 수련회 소식이 온 식구가 축포를 쏠 일인 줄 꿈에도 모를 아이는 무사히 도착했다는 소식을 전해온다. 관심 없다. 연락하지 않았으면.

그런데 말입니다. 현재진행형의 육아에 시달리는 중도 아니면서 엄마는 내 심정을 어떻게 알고 축하하는 걸까? 이게 자랑할 일이냐고, 수련회 가서 안전하게 잘 지내길 기도하자고 찬물을 끼얹어야 맞는데 오늘은 엄마의 톤이 좀 달랐다.

"엄마도 우리 어렸을 때 수련회 가면 이렇게 기뻤어?"
"그럼, 한 명만 가줘도 너무 좋았지."

여간해 감정을 잘 드러내지 않는 편인 엄마는 네 명의 자식 중 하나가 공식적으로 짐을 싸 나갈 때의 진한 기쁨을 사십 년이 넘은 지금에서야 솔직하게 고백했다. 애가 수련회 가는 일이 뭐 이렇게 기쁠 일인가 하며 자책했던 내게 엄마의 축하와 고백은 다정한 면죄부가 되어주었다. 엄마도 그랬었구나, 내가 나쁜 엄마라 이렇게 기쁜 건 아니구나, 이건 축하받을 일이고, 기뻐할 일이 맞구나. 기뻐해도 나쁜 게 아니구나.
엄마도 엄마였구나, 엄마도 힘들었구나.

엄마로 살아온 십육 년, 나는 이제 안다. 엄마라고 모두 같은 노력으로 같은 시간을 보내지 않는다는 것을. 어떤 엄마는 자식을 죽여 유기해버리고, 어떤 아빠는 친딸을 성폭행한다. 어떤 엄마는 음식 쓰레기 옆에 갓 낳은 핏덩이를 버려두고, 어떤 부부는 아이들과 함께 몸을 던진다.

나는 이제 부모라 해도 당연히 해야 하는 건 없다는 사실과 어떤 역할을 맡았다고 해도 그 역할을 해낼 힘은 똑같지 않다는 사실을 명백히 아는 사람이 되었다. 부모니까 누구나 할 수 있고 해야 하는 일이라는 건 애초에 없었던 거다. 나의 부모가 묵묵히 해왔기에 당연한 거라 착각했을 뿐, 대부분 부모가 매일 하는 일상의 소소한 빨래부터 천문학적인 교육비까지 어느 하나 빠질 것 없이 대단하고 특별한 일이다.

다들 하는 일이라며 엄마인 나의 하루를 당연하게 취급하지 않기를 바란다. 우리가 엄마니까 당연하게 해야 한다고 여겼던 일상의 일들을 꼽아보며 엄마인 나를 칭찬해보자. 피할 수만 있다면 피하고 싶은 귀찮고 힘들고 무거운 일들을 끝내 최선을 다해서 해내는 엄마인 나를 돌아보고 쓰다듬어주고 싶은 밤이다.

'장가가서 너 같은 아들 낳아 키워봐라, 이 새끼야'라고 말하고 싶은 순간이 많지만 지금 저놈들에게 그래 봐야 타격감이 없을 게 뻔하다. 저 혼자 잘난 줄 알고 의기양양하게 구는 놈들이 훗날 부모가 되어 쌔가 빠지게 고생해본 끝에 나를 찾아와 우리 둘 키울 때 그렇게 힘들었으면서, 그렇게 속이 탔으면서 어쩜 그렇게 힘든 티 하나 안 내고 잘 견딘 거냐고, 왜 계속 좋았던 얘기만 했던 거냐고 따져 물을 때 내 인생은 대체로 평탄했었노라며 너희들이 이렇게 잘 자라준 덕분에 내 노년은 이토록 평화롭다며 건강한 이를 드러내며 싱긋 웃어주는 나를 상상해본다.

그날 밤, 한 명이 사라지고 텅 빈 듯한 거실에 앉아 양념 한 마리, 후라이드 한 마리를 포장해와 뜯어먹던 우리 부부는 한 통의 전화를 받았다. 12시가 넘은 한밤 중에 울리는 전화벨, 불길한 느낌은 틀리지 않는다. 아이가 열이 오르기 시작하는데 독감일 수 있으니 빠른 귀가 조치가 필요하단다. 팬티 두 장, 양말 세 켤레, 잠옷과 성경책을 가지런히 담은 캐리어와 열이 올라 축 늘어진 아들을 데리고 돌아오는 늦은 밤, 경춘 고속도로의 희뿌연 안개가 꼭 내 마음 같았다.

미안하다, 사랑한다.

∞

다들 하는 일이라며 엄마인 나의 하루를 당연하게 취급하지 않기를 바란다. 우리가 엄마니까 당연하게 해야 한다고 여겼던 일상의 일들을 꼽아보며 엄마인 나를 칭찬해보자.

5장

어떤 엄마가
될 것인가

성장

아이들도
부모를 관찰한다

여고 시절, 친구들이 지어준 내 별명은 '시니컬cynical'
이었다. '냉소적인'이라는 의미의 형용사다. 내 본성이
어떻게 생겨먹은 인간인지를 보여주는 별명이다. 차가
운 성격에 속을 내비치지 않는 굳은 표정, 자기 것은 기
가 막히도록 잘 챙기는 저밖에 모르는 인간.

나밖에 모르는 냉소적인 개인주의자.

잘난 척과 아는 척으로 그득한 헛똑똑이.

손해보기가 죽기보다 싫은 이기주의자.

남이 잘되는 건 배가 아파 못 보는 욕망덩어리.

툭하면 서운하고 서글픈 나약한 피해망상증.

애써 겸손하지 않아도 줄줄 읊을 수 있는 나란 사람이다. 원래 그렇게 생겨먹었고 그렇게도 그럭저럭 나쁘지 않게 살아갈 수 있었다. 남에게 피해만 주지 않으면 되지 않나. 그랬던 여자가 자식을 잘 키우고 싶은 욕심 덕분에 따스해지고 넉넉해지고 의연해지고 때로 정의로워지려고 발버둥이다, 어울리지 않게. 아이들에게 엄마가 저런 사람이라는 걸 들킬 순 없기 때문이다. 나는 원래부터 착하게 생겨먹은 척을 하고 싶다.

어린 아이는 엄마의 실체를 모른다. 그저 우리 엄마가 최고인 줄 안다. 근거 없는 환상 속에서 커가는 아이들, 나는 그 환상을 충족해주고 싶었다. 혹시 그렇게 하다보면 나라는 여자도 조금씩 정의롭고 훌륭한 엄마가 될 수 있지 않을까?

하지만 아무리 머리를 굴려봐도 완벽한 연기는 어렵

다는 게 결론이다. 아이들은 훌쩍 커버렸고, 진짜와 가짜를 구분하는 나이가 되었다. 가짜로 적당히 괜찮은 사람인 척하며 뭉개보려던 나는 한쪽을 선택해야 했다. 이참에 진짜 괜찮은 사람이 되어 들킬 걱정 없이 마음 편히 살아갈 것인가, 진짜인 척을 하며 들킬까 봐 내내 조마조마해할 것인가.

진짜 괜찮은 사람으로 살아가는 건 고단한 삶이 될 테지만, 선택은 간결했다. 선택에 힘을 실어준 명확한 한 가지 사실 때문이다. 나에겐 다정한 관찰자가 있다. 이기적이고 욕심 많은 한 여자가 괜찮은 사람으로 살아 보기로 결심하고 노력하고 실천하는 그 모든 과정을 따스한 눈으로 바라봐주는 두 아이가.

이 관찰자들은 엄마를 관찰하면서 때때로 엄마의 좌충우돌에 의아해하거나 실망하고 참지 못해 참견하거나 평가하기도 할 것이다. 하지만 그들은 아마도 대부분 시간 기다리고 격려하며 엄마의 서툰 꿈틀거림을 따스하게 바라볼 것이다. 엄마가 꿈틀거리는 그 시간 동안 아이들은 가정과 학교와 학원과 교회에서 영 뜻대로 굴러가지 않는 각자의 일들을 하느라 고단한 하루를 차곡차곡 쌓은 끝에 끝내 엄마인 나를 쏙 빼닮은 어른이 되겠지.

이 책을 쓰기 시작하던 무렵, 책의 주제를 '다정한 관찰자'라고 잡고 첫 장의 원고를 쓰면서 나는 내가 퍽 멋지다고 여겼다. 간섭하거나 개입하지 않고 다정하게 바라봐주는 단단한 엄마라니, 너무 근사하지 않은가. 흥얼거리며 써 내려가는 손가락은 키보드 위에서 춤을 췄다. 시험 점수로 닦달하지 않고, 휩쓸리듯 억지로 학원에 등록시키지 않고, 아이가 친구에게 당한 일로 덩달아 길길이 날뛰지 않으며, 내 바람과 다른 길 위에서 꿈을 꾸고 있어도 그저 믿어주고 지지해주는 '다정한 관찰자'로 살겠다고 자랑하듯 쓴 글이었다.

그런데 수개월에 걸친 이 원고를 마무리하면서 '다정한 관찰자'는 내가 아닌 아이들이었음을 깨달았다. 망친 요리를 먹으면서도 불평하지 않고, 휩쓸리듯 더 큰 집과 고급 차를 요구하지 않고, 내가 학부모 모임에서 듣고 온

근거 없는 괴소문에 덩달아 날뛰지 않으며, 어딘가 미심쩍은 정보를 들고 와 떠들어도 그저 믿어주고 지지해주는 '다정한 관찰자'가 내겐 둘이나 있었다.

자기밖에 모르던 한 여자가 아이를 키우며 필시 겪어야만 했던 수없이 깨지고 자책했던 시간 동안 그 옆에는 언제나 그런 여자를 다정한 눈으로 관찰 중인 아이들이 있었음을, 그 덕분에 여자는 크고 작은 고비를 만났지만 포기는 하지 않았고, 턱걸이일 망정 엄마 구실, 사람 구실 하며 살아가고 있음을 원고가 마무리되는 지금에야 깨닫고 눈물이 차오른다.

얼마 전 택시를 탔다. 택시를 타면 기사님과 대화를 나누는 편인데, 그럴 때면 이야기의 흐름에 그저 편하게 맡겨보는 편이다. 말과 글의 무게를 절감하며 일하다 보니 누구와 말하기 전에 한 번 더 생각하는 버릇이 생겼는데, 택시에서는 굳이 그런 애를 쓰지 않아도 돼서 좋다. 준비한 적 없는 이야깃거리를 탁구공 주고받듯 툭툭 주고받다 보면 평소 생각지 못했던 것들을 깨달을 때가 많다. 그날도 그랬다. 그날의 탁구공은 학원비였다.

"아이고, 지금은 진짜로 편한 거예요. 우리 애들 둘 다
대학 갔고, 장학금도 받아오니까 요즘은 11시까지만 하
고 퇴근해도 먹고살 만하거든요. 애들 둘 다 고등학교
다닐 적에는 새벽 두 시까지 운행했어요. 그래야 학원비
를 대죠. 근데, 그때는 정말 하나도 힘든 줄 모르고 했어
요. 두 시에 운행 마치고 집에 들어가면 우리 아들놈이
그때까지 안 자고 얼마나 열심히 공부하고 있는지 그게
고맙고 기특해서 하루도 쉬지를 못하겠더라고요. 지금
다시 하라 그러면 못할 거 같은데, 그때는 또 그게 되더
라고요. 허허허.
애가 거의 꼴찌로 고등학교에 들어갔는데, 열심히 벌어
서 학원비 대주고 본인도 열심히 하더니 결국 한양대 공
대에 떡하니 붙었어요. 중학교 때까지 생전 공부 한번
안 하던 놈이 갑자기 왜 공부를 시작했는지 지금도 나는
잘 모르겠지만 하여간 엄청나게 열심히 하긴 했는데, 안
하던 놈이 하니까 성적이 막 팍팍 올라가더라고요. 택시
하는 제 친구들이 지금도 엄청나게 놀려요. 아들이 아빠

머리 안 닮아서 얼마나 다행이냐고. 오늘은 눈도 오고 추운데 손님까지만 내려드리고 일찍 들어가 삼겹살에 소주나 한잔 할랍니다. 조심히 가세요."

기사님은 모른다는 이유를 나는 알 것 같았다. 아들이 열심히 공부해야겠다고 마음을 다잡은 이유가 어렴풋이 짐작되었다. 아빠가 새벽 두 시까지 택시를 모느라 퇴근하지 못하는 밤, 아들은 그런 아빠의 하루를 다정하게 관찰하고 있었을 것이다.

부쩍 늦어진 아빠의 퇴근 이유를 모를 리 없는 나이. 그런 아빠의 삶을 적당한 거리에서 관찰하며 본인 삶의 방향을 공들여 잡아갔을 것이다. 습하고 더운 장마의 밤이든, 함박눈이 펑펑 쏟아지는 성탄의 밤이든 묵묵히 맡은 일에 열중하는 아빠의 모습을 관찰하던 아들은 자기도 모르게 아빠의 삶의 방식을 그대로 흉내 냈을 것이다.

새벽 두 시, 공부하느라 배고플 아들을 위해 주전부리를 사들고 와 방문을 여는 아빠와 오늘도 무사히 퇴근

한 아빠를 확인한 아들은 서로의 존재를 확인하고 다정하게 웃었겠다.

그리고 하나 더, 아빠가 모르는 게 있었다. 그 시간까지 열심히 공부하는 아들을 확인하고 흐뭇해했던 아빠보다 그 늦은 시간까지 안전하게 일하고 건강한 모습으로 돌아와 준 아빠를 확인한 아들의 마음이 더 충만하고 행복했을 거라는 사실을.

서로가 서로에게 다정한 관찰자가 되어주는 삶.
각자의 삶의 여정을 따뜻한 눈빛으로 격려하는 삶.
실수와 실패에도 섣불리 개입하거나 꾸짖지 않는 삶.
멀지도 가깝지도 않은 거리를 유지하며 서로 도움을 청하고 건네는 삶.
어느 한쪽의 일방적인 희생이나 복종을 강요하거나 기대하지 않는 삶.

생각해보면 아이들은 '나'라는 철부지 여자에게 자식이라는 이름으로 나타난 그 순간부터 줄곧 그런 존재가 되어주고 있었다. 그걸 모른 채 뭐라도 되는 양 으쓱하며 긴 시간을 살아왔을 뿐, 아이들은 태어난 순간부터 지금까지 변함없이 다정하게 나를 관찰하며 응원하고 있었다.

그래, 나만 잘하면 되겠다.

◯

기사님은 모른다는 이유를 나는 알 것 같았다. 아들이 열심히 공부해야겠다고 마음을 다잡은 이유가 어렴풋이 짐작되었다. 아빠가 새벽 두 시까지 택시를 모느라 퇴근하지 못하는 밤, 아들은 그런 아빠의 하루를 다정하게 관찰하고 있었을 것이다.

감정이 아닌
태도로 접근한다

성실함의 매력은 결과를 틀림없이 보장한다는 것이다. 이때 그 결과를 무엇으로 간주하느냐가 중요한데, 성실함의 결과가 아이의 성적이나 대학 간판이 되면 곤란하다. 성실함의 결과는 그런 것이 아니다. 내가 정성껏 차려준 아침밥을 먹고 나쁘지 않은 상태로 등교한 아이가 그날의 시험에서 좋은 성적을 받는 것까지를 결과로 치지 않는다는 것이 핵심이다.

내 성실함의 결과는 내가 정성껏 차려준 아침밥을 먹

고 나쁘지 않은 상태로 등교하는 것까지다. 엄마인 나는 아침밥을 차리는 성실함을 목표로 했으니 아침밥을 차렸다면 결과를 낸 것이고, 그걸 적당히 먹고 시간 안에 등교한 아이는 훌륭한 결과물이다. 아침밥을 성실히 차려냈던 건 아이의 좋은 성적을 겨냥한 게 백번 맞지만, 아이의 성적은 내가 어찌할 수 없는 영역이므로 아침밥을 먹은 아이가 시간 안에 학교로 출발한 것까지만 평가 요소로 삼으면 어느덧 일상에 평화가 찾아온다.

엄마인 나는 도달하려던 애초의 목표에 닿았다는 성공을 경험하고, 그 성취감을 못내 그리워하며 다음 날도 시간 맞춰 아침밥을 차려낸다. 이렇게 반복하고 지속할 힘을 얻는다. 똑같이 아침밥을 차리는 행위를 반복하더라도 목표가 서울대 의대 수시 합격이라고 한다면 엄마는 아이의 수행평가 한 번, 중간고사 한 과목 성적에 벌벌 떨며 온 집안을 들쑤실 가능성이 높아진다. 끝내 목표를 이룰 수는 있겠으나 가는 그 길이 너무 멀고 험해서 쉬이 지치고 괴로워 몇 번이나 포기할까 말까를 당사자도 아닌 엄마가 밤을 새워가며 번뇌하게 될 수 있다. 그에 비하면 아침밥을 시간 안에 차려내어 잘 먹은 아이가 가방을 챙겨나가는 것으로 성공을 선언하는 정도는 해 볼 만한 일이 된다.

비슷한 종류의 성공은 수두룩하다. 오늘 돌린 세탁기 속 빨래를 기어이 오늘 안에 꺼내어 너는 일, 애매한 시간에 학원으로 나서는 아이를 위해 너무 가볍지도 무겁지도 않은 간식을 차려내어 주는 일, 학교에 지각하지 않도록 제때 일어나 아이들을 깨우는 일, 다음 달 원비를 결제할 카드를 너무 늦지 않게 아이 손에 들려 보내는 일처럼 내가 그것을 목표로 여기기만 했다면 거의 틀림없이 성공할 만한 일들이 엄마들의 일상 곳곳에 선물처럼 소복하다.

엄마인 우리의 목표는 그러한 것이었으면 좋겠다. 아이를 위해 한 일이 분명함에도 그 성공 여부는 아이의 성취와 무관하게 '엄마'라는 독립적인 존재에 한정하여 평가하는 새로운 관점의 채점이 이루어지길 바란다. 거기에 서비스처럼, 덤처럼, 선물처럼 혹은 1+1처럼 아이의 성취라는 뜻밖의 기쁨이 불쑥 더해진다면 더없이 고맙지만, 아니어도 괜찮은 거다.

엄마가 아니었다면 절대 하지 않았을 일들로 그득 채워진 하루를 살고 있지만 이 일상은 내 선택이고, 내 성공이고, 내 성취가 될 것이기에 엄마인 나의 일상에 초점을 맞춘다. 하기로 했던 일을 기어이 해낸 것으로 나를 칭찬하는 하루가 이어질 수 있다면, 나는 살아갈 수 있다.

요즘 내 관심사이자 목표는 냉장실에서 물컹하게 형체를 잃어버린, 부패한 동물 시신 비스무리한 채소를 발견하는 일이 없도록 하는 것이다. 그렇다고 해서 한 번의 예외 없이 절대 발견하지 말아야 하는 것은 아니고, 냉장실의 모든 채소가 싱싱해야 하는 것도 아니며, 필요한 식재료가 빠짐없이 갖추어져 있어야 하는 것도 아니다. 썩어 문드러지기 직전의 어떤 것을 발견하여 이름 모를 볶음밥에 합류시켜놓고 시치미를 떼는 것 정도면 충분하다.

하지만 주사 맞는 것만큼이나 냉장고문 열기를 무서워하는 내게 이 목표는 작은 일도, 쉬운 일도 아니다. 게을러터진 지금보다는 조금만 더 신경 쓰고 노력한다면 기어이 해낼 수 있을 법한 정도다. 반가운 소식이라면 마음을 먹고 목표를 정하고 나자, 끔찍한 봉지가 발견되는 횟수가 줄어드는 중이라는 점. 여기, 성공한 여성이 있다. 나는 이 차분한 성공 신화를 지속하고 싶어졌다.

이런 식의 헐거운 태도로 살아가는 엄마 덕을 보는 건 뜻밖에도 아이들이다. 이런 냉장고의 주인인 여성은 아들의 방을 지적할 수가 없다. 일말의 양심은 있다. 두 아들의 방에서 일주일 넘은 양말이 굴러다닐 즈음이 되면 낮은 목소리로 "아저씨 냄새네"라며 한마디 건네고는 그뿐이다. 그렇다는 거다. 나의 냉장고에서는 쉰내가 난다. 그 냄새를 십수 년째 말없이 견디는 세 남자와 살고 있다.

100점 혹은 1등급, 혹은 A를 기대하지 않는 것도 같은 이치다. 이 헐거운 여성은 툭하면 원고 마감을 못 맞추고, 이를 악물고 촘촘히 쓰지만 중쇄를 찍은 책은 절반도 되지 않는다. 애들의 성적표를 펼쳐놓고 성취와 결과에 관해 지적하기엔 본인이 이미 성공보다 실패가 훨씬 많다. 열심히 하지 않았던 적은 없었다. 잘하지 못했던 적이 많았을 뿐.

공부를 열심히 하는 것과 성적을 잘 받는 것이 일치하지 않는다는 사실을 진즉에 눈치채고 한발 물러난 건 눈이 벌게지도록 열심히 쓴 책이 순위에 올라 보지도 못하고 사라져가는 모습을 수차례 지켜본 덕분이다. 결과 때문에 가장 속상한 사람은 본인이라는 걸 일찌감치 알게 된 게 글로 생계를 이어가는 업을 가진 가장 큰 미덕이었다. 아무리 최선을 다해도 결과를 좌우하는 요소는 너무도 많고, 내가 노력했을 때 나아지는 부분은 분명히 존재하지만 아무리 애를 써도 손쓸 수 없는 부분도 그만큼 존재하는 법이기에 결과에 연연하지 않고 그저 계속 쓰기를 선택했다.

두 아이에게 바라는 것도 그것이었다. 시험이 다가올

무렵, 시험 범위를 스스로 챙기고 각자의 최선으로 준비하며 학생의 도리를 다하는 것. 오해는 없기를. 그렇다고 해서 내가 100점, 1등급, A 등의 결과에 관심이 없거나 아무래도 상관없는 엄마는 아니니까. 나로 말할 것 같으면 교육열로는 대한민국에서 감히 1등이라 자부할 수 있는 엄마인지라 내 마음은 늘 이글거리고 있다.

헐겁기 짝이 없는 일상의 태도로 스스로 브레이크를 걸어가며, 이런 속내를 들키지 않기 위한 노력을 지속하는 것, 끝내 제대로 숨기지 못하고 들켜버렸을 땐 솔직하게 시인하고 다음엔 걸리지 말아야겠다고 중얼거리는 것. 그것이 아이들과 나 사이의 탯줄이 되어주고 있다.

감정이 아닌 태도로 접근한다. 너무 사랑스러워서, 그 감정에 젖어 황홀해하는 것만으로는 긴 여정의 육아를 온전히 감당하기 어렵다. 그러기엔 너무 긴 시간이고, 그러기엔 정말 아이들이 말을 징그럽게도 안 듣는다. 감정으로 대하면, 이내 식어버리거나 길을 잃어버린다. 아이는 날마다 자라고 있고 변하고 있기 때문에 그런 아이가 언제나 벅차오르는 충만함을 주기란 불가능하다.

그래서 우리의 엄마 됨이 감정이 아닌 태도이길 바라고, 일종의 삶의 방식이길 기대한다. 내가 하겠다고 기꺼이 자원한 엄마라는 역할을 성실하게 감당하는 것으로 형편없는 모성애를 용서하고 덮어주길 바란다.

항시 너무 잘하거나 갑자기 잘하기보다, 큰 오르내림 없이 성실하고 묵묵하게 이토록 지루하고 불안하고 성가신 부모의 삶을 살아내는 나를 칭찬한다. 돈 없고 학벌 없이 마냥 성실하기만 하던 내 부모의 모습이 초라해 보이던 시절도 있었으나 이제 와 보니 그들의 성실함은 흉내 내기도 벅찬 성공한 삶 그 자체였음을 엄마가 되고 이만큼 키워보니 알겠다.

느닷없이 마흔 중반에 마라톤을 시작한 건 내 성실함의 표현 중 하나다. 뛰지 않던 시절의 나는 마라톤에 관해 큰 오해를 했다. 마라톤은 타고난 운동신경과 재능이 필요하고, 특별한 훈련이 필요하며, 나 같은 사람은 잘못

뛰다가 들것에 실려 나가는 위험한 운동이라고 단정했었다. 그랬던 내가 마라톤을 결심한 건 수많은 책에서 내가 한 말에 내가 설득을 당했기 때문이다.

"여러분, 입시는 마라톤과 같은 긴 여정인데요, 초등 부모님들의 가장 큰 오해는 초등이 마라톤 전체 레이스의 절반을 차지한다는 것입니다. 죄송하지만 여러분, 아직 출발도 안 했어요."

저자 특강 형식의 강연을 자주 하는데, 늘 그렇듯 말은 청산유수다. 입시라는 긴 여정을 달릴 건데 초반에 힘 빼지 마시라, 벌써 지치면 안 된다며 불안에 떠는 초등 엄마들을 위로한다. 그러다 어느 날 문득 궁금해졌다. 마라톤은 정말 그런 것일까? 뛰어본 적도 없는 내가 마라톤을 예시로 들며 잘난 척을 해도 되는 걸까? 뛰어봐야 알겠다. 뛰어보고 말하자.

올해의 목표는 10킬로를 사뿐하게 주파하는 것인데, 아직 매우 무겁다. 지금껏 열 번 정도 완주했고, 올해에는 기회가 닿는 대로 어디든 나가 달려볼 생각이다.

마라톤을 해보니 초반에 힘을 빼면 안 된다는 사실, 생각보다 훨씬 더 긴 레이스라는 사실은 짐작한 대로였다. 새롭게 알게 된 사실은 출발 이후 레이스를 끌고 가는 원동력에 관한 것이다. 출발 전에 준비해온 컨디션이 레이스에 큰 영향을 미치는 것은 사실이나 못지않게 기록에 영향을 미치는 것은 뜻밖에도 '성실함'이었다. 숨이 찬다는 이유로, 허벅지가 아프다는 이유로, 갈비뼈가 쑤신다는 이유로, 바람이 많이 분다는 이유로 뛰던 걸음을 세워 걷고 싶어지는 순간이 1분을 주기로 찾아왔다. 도대체 이 힘든 걸 왜 하겠다고 돈 쓰고 시간 쓰며 고생을 하는 건지 기가 막힌다는 이유를 들어서라도 중단하고 싶어졌다. 아침에 챙겨 먹고 나온 단백질 바도 소용이 없고, 뛰면서 오물오물 챙겨 먹은 에너지젤도 영 힘을 못 쓴다. 방법은 단 하나인데, 그저 어지간해서는 발의 속도를 줄이지 않고 계속해 성실히 이어가는 것뿐이다. 나 말고 그 누구도 그 순간의 나를 대신해 뛰어줄 수 없기에 무거워지는 다리와 차오르는 숨을 그러려니 하고 계속

해 탁탁탁 땅을 밀어내야 앞으로 나갈 수 있고 부끄러운 기록일망정 완주할 수 있다.

호기심에 시작한 마라톤이 재미있어지기 시작했다. 나로 말할 것 같으면 여고 시절 해마다 실시했던 체력장에서 전교 꼴찌를 도맡아 하던 학생이었는데, 마라톤이라는 취미가 생길 줄이야. 이 나이에 진짜 별일이다. 하나도 안 궁금해하는 아들들에게 선언하듯 말한 적이 있다. 매년 5킬로씩 늘려가서, 너희들이 고등학교를 졸업할 무렵에는 하프 코스에 도전하겠다고. 느림보 엄마가 늙은 몸을 이끌고 간신히 발을 옮기는 시간, 아이들은 각자의 목표를 향해 각자의 성실함을 무기 삼아 각자의 속도대로 달릴 것이다.

우리의 성공이 '완주' 혹은 '합격'이라는 단순한 단어가 아니길 바란다. '완주를 목표로 매주 3회씩 달리기 훈련을 했음'과 '목표한 대학에 합격하기 위해 성실하게 수행평가에 참여하고 중간고사를 준비했음'이길 기대한다. 우리의 삶이 성공 혹은 실패라는 이분법적인 결과가 아닌 태도와 과정을 담아 다소 길게 설명해야만 하는 종류의 것이기를 진심으로 바란다.

마라톤도 좋고, 필라테스도 좋고, 배드민턴도 좋다. 주말의 등산도 좋고 여름밤의 자전거도 환영한다. 몸을 움직일 때만 느낄 수 있는 에너지의 힘을 경험해보길 추천한다. 그 특유의 상쾌함이 좋아 한두 번 더 해보고, 매주 한 번씩 다시 해보고, 그러다 언젠가는 누구에게 나는 이런 운동을 하는 사람이라고 소개할 수 있게 되길 진심으로 바란다. 몸과 마음이 건강한 엄마보다 더 좋은 엄마는 없다고 믿는다. 예전의 나는 그러질 못했고, 지금의 나는 제법 괜찮은 엄마가 되어가는 중이다.

♡

헐겁기 짝이 없는 일상의 태도로 스스로 브레이크를 걸어가며, 이런 속내를 들키지 않기 위한 노력을 지속하는 것, 끝내 제대로 숨기지 못하고 들켜버렸을 땐 솔직하게 시인하고 다음엔 걸리지 말아야겠다고 중얼거리는 것. 그것이 아이들과 나 사이의 탯줄이 되어주고 있다.

너의 성공이 나의 성공이 되고, _____
너의 실패가 나의 실패가 되지 않기를

　또 짜장이다. 큰아이가 고입 면접을 보고 돌아온 저녁, 짜장이 나오길 기다리며 어느 중식당에 마주 앉았다. 고르라고 하면 맨날 짜장이다. 중국인들도 이렇게 자주 짜장을 먹지는 않을 것 같다.

　제법 긴장했던 시험이 끝난 후련함으로 잠시지만 다소 밝아 보이는 아들의 표정에 나도 남편도 덩달아 개는 느낌이다. 고등학교 입학을 앞둔 아이들은 대체로 먹구름이다. 열심히 해도 불안하고 안 해도 불안하여 맑은 날이 드물다. 특히나 부모 앞에서는 눈에 띄게 어둡다. 친구들을 만나야 간신히 웃는다.

그랬던 아이가 시험의 긴장이 풀렸는지 웃는다. 나도 남편도 따라 웃는다. 불과 얼마 전만 해도 내가 웃으면 아이가 따라 웃었던 것 같은데, 지금은 어쩌다 아이가 웃는 때를 기다려 놓치지 않고 따라 웃는 신세가 됐다. 아이를 키울수록 지난 시절의 부모님께 죄송스러워진다. 돈 드는 것도 아닌데 좀 웃을걸.

모처럼 우리 모두가 홀가분한 저녁. 지금이다, 말해 버리자.

"시험 보느라 수고 많았지? 결과는 우리가 어떻게 할 수 없는 거니까 어떤 결과든 기다려보기로 하고, 이제 고등학생이 되면 앞으로 삼 년이 만만치 않을 거야. 생각보다 힘들 거야. 그런데 너만 고생하는 건 아니라는 걸 알았으면 좋겠어. 아빠랑 엄마는 네가 고등학교 졸업할 즈음에는 건물을 살 거거든. 그러려면 삼 년 동안 열심히 일하고 준비할 거야."

진심이었다. 얼핏 말쑥해 보이는 이 대사는 사실 이런 말이다.

"너 이 새끼야, 공부 좀 한다고 너만 고생하는 거 아니니까 힘들다고 징징대지 말고, 인상 좀 그만 써. 너만 힘든거 아니야. 아빠 엄마도 너 못지않게 고생스럽게 일할거니까 남 위해서 공부하는 것도 아닌데 행여나 유세 떨생각 추호도 하지 말고. 너는 네 꿈 찾아가는 거고, 나는 내 꿈 찾아갈 거니까 꿈을 이루고 싶다면 각자 자기 할 일 열심히 해서 목표를 이루자. Good Luck to You."

이름 들어본 대학에 갈 가능성을 가진 우리 집의 유일한 새싹, 장남. 그 아이의 고등학교 삼 년, 나는 어떤 엄마로 살게 될까? 하교할 시간을 칼같이 기억하여 라이딩하는 날도 있을 것이고, 아침부터 달려 나가 학원 설명회 맨 앞자리에서 소책자에 형광펜을 그으며 필기하는날도 있을 거다. 밤늦게 들어와 배고프다는 아이의 간식을 챙기느라 허둥대는 날도 있을 거고, 한껏 멋을 부리고 학부모 총회나 반 모임에 나가는 날도 있겠지만, 공부하는 아이를 돕는 일이 내 일상의 전부가 되도록 내버려두지는 않을 것이다. 아이가 대학 입시에 집중하는 삼 년이라는 시간 동안, 나는 내 나름의 목표인 건물 매입을 우선순위에 두고 노력하고 집중하겠다는 일종의 선언이었다.

내가 앞으로 삼 년 동안 너 하나만 바라보고 너와 내가 한 몸처럼 동행하지는 않을 거야. 너의 성공이 나의 성공이 되고, 너의 실패가 나의 실패가 되지 않도록 네가 너의 목표를 향해 힘들게 보낼 그 시간 동안 엄마는 엄마의 목표를 향해 가볼게.

그러다 보면 어느 밤엔 먼 곳에서 일하다 돌아오느라 학원에 데리러 가지 못하는 날도 있을 거고, 또 어느 아침엔 식빵 한 쪽을 간신히 내놓고 민망한 웃음으로 때우기도 할 거야. 간식이 보이지 않는 늦은 밤의 식탁에도 너무 서운해하거나 서글퍼하기보다는 너의 엄마가 건물

살 돈을 마련하느라 오늘도 바빴겠거니 하고 생각해줘.

엄마인 나의 공식적인 프리패스인 셈이다. 아이가 고
등학생이라는 이유로 재활용 분리수거와 빨래 정리를
비롯한 다단한 집안일의 프리패스를 획득한 것처럼, 나
역시 아이를 살뜰히 챙기지 못할 것이 뻔한 앞으로의 삼
년을 위한 프리패스를 스스로 발급해버린 것이다. 묻지
않은 얘기를 꺼낸 속이 이토록 앙큼하다.

당연히 궁금한 건 아이의 반응이었다. 엄마의 뜬금없
는 선언에 보인 아이의 반응은 다시 생각해도 떨린다. 이
야기의 후반부로 가면서는 목소리가 떨리는 게 느껴질
만큼 아이가 보일 반응이 궁금했다. 결혼 승낙을 받을 때
도 어제 본 드라마 얘기하듯 겁 없던 이 여성은 묻지도
않은 건물 타령을 꺼내더니 홀로 애 눈치를 본다. 짜장과
탕수육 중 무엇이 먼저 등장할지 궁금해하던 예비 고등
학생은 느닷없는 어머니의 선언에 어리둥절했지만 '건
물'이라는 단어에 눈을 반짝였다. 요즘 애들에게 건물을
사겠다고 큰소리치는 부모만큼 사랑스러운 존재가 있

을까.

건물 선언을 듣고 난 아들은 질문 하나를 던졌다.

"서울에?"

서울 병에 걸려도 아주 단단히 걸린 소년의 뜻밖의
반격에 여성은 크게 당황했다.

"어? 어…… 그렇지. 서울이지. 서울에 사면 좋지. 서울
에 사야지……"

건물의 입지는 서울로 정해졌다. 강남이냐고 묻지 않
은 걸 다행이라 여겨야 할까. 건물의 입지를 확인한 아들
은 됐다는 표정을 짓더니 더 궁금한 게 없다. 마침 짜장
이 나와주었다. 서빙하던 로봇이 멀찍이서 우리 대화를
엿듣고 있던 게 아닐까?

나는 둥실 떠올랐다. 건물은 서울에 살 거라는 엄마

의 대답에 고개를 짧게 끄덕이고는 이내 짜장에 몰두하는 아이를 보며 설명하기 어려운 묘한 기운이 솟았다. 이상하리만치 기분이 좋아진 나는 젓가락을 힘차게 움직여 짜장을 비비기 시작했다. 아이가 던진 단 세 글자의 질문에 호랑이 기운이 솟았기 때문이다. 정말 건물을 살 수 있을 거라는 희망이 솟아올랐고, 일말의 가능성을 인정받은 듯했다. 진짜 사게 될지 어쩔지는 모르겠지만, 이미 산 거나 진배없는 듯한 희한한 기쁨이 찰랑찰랑 차올랐다. 짜장과 면이 매끄럽게 섞였다.

'서울에?'라는 세 글자에는 믿음이 담겨 있었다. 엄마가 어떻게 건물을 사, 건물이 얼마인 줄이나 알아, 건물 사는 게 그렇게 쉬우면 나는 서울대 의대에 가겠다, 요즘은 건물 사는 게 꿈이라는 사람이 많더라, 내 친구 아빠도 건물 있대, 엄마 수입으로는 힘들 텐데 정도의 반응을 예상했었다. 내가 내뱉은 말이지만 정작 나는 나를 믿은 적이 없었다. 이루어질 거라는, 이룰 수 있을 거라는 기대는 1프로도 채 되지 않는 꿈같은 이야기니까.

너만 고생하는 게 아니라는 얘기를 하고 싶었고, 그러니까 '열심히 공부해'라는 게 핵심이었으면서 그냥 말하면 잔소리로 흘릴까 봐 건물을 들먹이며 거창하게 돌려 말한 거였는데, 아이는 그런 엄마가 건물주가 될 거라는 사실에 의심도 반론도 없다. 건물을 사는 게 목표라면, 당연히 사게 될 거라는 전제하에 입지가 궁금하다는 거였다.

이게 이런 거다. 합격할 가능성이 거의 없어 보이는 아이가 느닷없이 의대에 가겠다고 하면 니가 갈 수 있겠냐, 의대 갈 수 있는 점수는 알고 말하는 거냐, 니가 의대를 가면 나는 미스코리아에 나가서 1등을 하겠다, 라는 식의 솔직함을 가장한 저주와 잔소리를 퍼붓는 대신 전공은 정형외과로 할 건지, 안과로 할 건지 묻는 꼴.

네가 가겠다고 하면 가는 거라고 믿을 거다.
너는 해낼 것이다.
의심치 않겠다.

아이가 어떤 꿈을 말하든 그 꿈이 이루어질 거라 믿는 것, 이루어진다는 전제로 대화를 이어나가는 것, 그건 세상 오직 한 사람 엄마만이 해줄 수 있는 자비로움 아닐까? 누가 봐도 택도 없이 허망하고 가당치도 않은 꿈을 꾸는 아이에게 그 꿈을 이루고 싶다면 오늘부터 매일 어느 정도의 공부량을 감당해내고, 얼마나 빠른 선행을 시도해야 하는지에 관한 전략과 분석은 이미 여러 학원에서 충분히 쏟아내고 있다. 아이가 바란 건 분석이 아닌 믿음과 격려와 지지임을 알아채고 그저 믿어주는 것, 그 어떤 교사와 강사도 하지 못할 일을 기어이 하는 것, 그게 엄마의 일이라 믿는다. 아빠는 안 되겠냐고 묻는다면, 안 되는 건 안 된다고 말해야 진정으로 아이를 위하는 거라는 냉철하고 객관적인 조언을 듣게 될 것이다.

이쯤에서 궁금해질 것이다, 왜 갑자기 건물인가. 돈에 환장한 것도 아니고 왜 건물을 사려고 벼르기 시작했냐는 것이다. 내 명의의 건물에서 월세 받아먹는 여유로운 노후를 마다할 사람이 어디 있겠냐마는 하고많은 목표 중에 왜 세속적이고 물질주의적이고 고상하지 못한 건물주라는 꿈을 꾸고 있는지에 관한 속사정이 있다.

건물을 사서 거창한 사업을 시작하려는 계획은 없다. 건물은 그 자체로 하나의 상징이다. 열심히 노력한 끝에 건물을 갖게 되었다는 사실은 인생에 관한 다단한 설명을 압축해버린다. 물려받은 재산이 없다는 전제 하에 눈에 띄는 사업적인 성공과 더불어 자금 운용과 관리 면에서 빈틈이 없어야 하고, 동시에 꾸준한 공부로 매력적인 부동산을 골라내는 안목도 길러야 하며, 아무리 대출이 잘 나온다지만 종잣돈 없이는 불가능하므로 건물을 매입한다는 것은 그 자체로 그 사람의 명함이 되어준다.

그리고 나에게는 건물 1층에 카페를 열고 싶다는 꿈이 있다. 빠르고 치열하게 돌아가는 흐름 속에 마치 시간이 멈춘 듯 자신만의 속도로 살아가는 이들을 위한 따뜻한 공간을 마련하고 싶다. 느린 아이들과 장애를 가진 아이들, 그리고 그들을 돌보며 버티는 중인 가족들, 경력이 뚝 끊겨버려 뭐라도 해서 다시 사회로 발을 딛고 싶은 예전의 나 같은 엄마들이 내 기준에서는 그러하다. 이들을 위한 공간이랍시고 열어놓고는 월세가 세다는 이유로 아메리카노 한 잔에 만 원을 받을 수는 없지 않나. 그러려면 월세 걱정 없는 공간이어야 하기에 나는 매우 절실하게 건물이 필요해지기 시작했다.

좋아하는 은유 작가의 『해방의 밤』이라는 책에 소개된 '살림비용'이라는 책 속 문구가 머리와 가슴을 동시에 울렸다.

'아버지가 세계에 나아가 해야만 하는 일들을 할 때, 우리는 그게 아버지가 응당 해야 할 몫이라며 용인한다. 어머니가 세계에 나아가 해야만 하는 일들을 할 때는 어머니가 우리를 버렸다고 느낀다.'

짜장밖에 모르는 규현아,
엄마는 세계에 나가 엄마가 해야만 하는 일들을 하고 있고, 계속해보려 해. 세계에 나가 해야만 하는 일들이라는 게 실은, 너를 번듯한 대형학원에 보내지 못하는 형편이 미안한 마음에 한 푼이라도 벌고 싶어 시작한 일이었던 걸 너는 아마

진즉에 눈치챘을 거야. 아들의 학원비를 벌기 위해 글을 쓰는 삶이라니 엄마의 인생이 이렇게 전개될 줄은 몰랐지만 결국 너는 바라던 어느 학원에 다닐 수 있게 되었고. 생계형 작가이던 엄마는 세계에 나가 엄마에게 맡겨진 일들을 하나씩 시작해보려고 해.

혹시나 엄마가 너를 버린 건 아닐까 느껴지는 그 어느 순간이 와도 잊지 마. 기숙사가 있는 고등학교에 보내지 못해 아쉽다고 말하지만 실은 네가 집에서 다닐 수 있는 고등학교에 지원하고 싶다고 말했던 그날이 엄마는 근래 들어 가장 설렜어.

엄마가 선언한 프리패스에 토 달지 않고 응원해주어 고맙다. 프리패스에 부끄럽지 않은 삼 년을 보내는 엄마가 될게.

∞
너는 네 꿈 찾아가는 거고, 나는 내 꿈 찾아갈 거니까 꿈을 이루고 싶다면 각자 자기 할 일 열심히 해서 목표를 이루자. Good Luck to You.

내 사랑의 방식은 _____
'성실함'이다

"선생님, 배고파요."

　교실로 출근하던 시절, 지금도 생생히 기억나는 안타까운 순간은 어린 반 아이들이 '배고파요'라고 개미 소리를 내던 때다. 배가 고프다고 해봤자 담임 교사인 내게서 흔한 마이쭈 하나 나오지 않는다는 걸 모를 리 없는 아이들이지만 말이라도 해야겠다는 심정인지, 쉬는 시간이면 배가 고프다고 호소하는 아이들은 매일 있었다.

이렇게 말하면, 당시 내가 어느 개발도상국의 허름한 판자로 지어진 학교에 파견 근무라도 다녀왔나보다 하겠지만, 그럴 리가. 평범하기 그지없는 대한민국의 어느 초등학교 교실에서 매일 일어났던 일이고, 지금도 매일 모든 초등교사가 겪는 일이다. 교실에서 매일 일어나는 일이지만 집에서는 알 길 없는 기이한 대화. 이 어린 것들은 왜 음식쓰레기 배출량 신기록을 매년 갈아치우는 요즘 같은 시대에 배고픔으로 힘들어할까? 이 애들의 집에는 먹을 게 없는 걸까, 챙겨줄 부모가 없는 걸까?

현직에 있는 이십 년차 교사인 친구들의 말에 따르면 교실 속 배고픈 아이들은 줄지 않고 오히려 십 년 전에 비해 늘어난 느낌이란다. 무엇이 문제일까? 한둘밖에 안 되는 자식을 향한 넘치는 사랑을 온갖 형태로 표현해야 직성이 풀리는 요즘 부모들이 자식을 굶겼다고 볼 수는 없는 노릇인데.

나는 원래 사랑이 흘러넘치는 다정한 인간은 못 된다. 엄마가 되어서도 마음 깊은 곳에서 솟아오르는 뜨거운 정을 주는 데에는 자신이 없었다. 초저녁에 시작된 진통으로 밤을 꼬박 새우고 출산 가방을 챙겨 병원으로 나서면서 비비크림을 꼼꼼히 두드려 바른 건, 아무리 아름답게 포장하려 해도 아이를 사랑하는 마음에서 우러나온 행동이라 보긴 어렵다. 애가 태어나면 가슴팍에 얹어 놓고 한 장씩들 찍던데, 그 사진은 평생 남을 텐데 벌겋고 촌스러운 모습이긴 싫었다.

아이만큼이나 내가 소중했다. 툭하면 어깨뼈가 빠지는 둘째의 팔을 손수 이리저리 비틀어 끼워 맞췄던 것도 아이를 위함은 결코 아니었다. 숙련된 의사의 손으로 조금이라도 부드럽게 어깨뼈를 끼워 맞추기 위해 응급실에서 대기하는 고생스러움을 감내하고 싶지 않았기 때문이다. 나는 내 몸이 힘든 게 너무 싫었다. 저녁이면 다만 30분이라도 일찍 재우려고 필사의 노력을 다한 것 역시 오로지 아이들에게 올바른 수면 습관을 길러주기 위해서였다고 말할 수 없다. 나는 애들이 늦게까지 거실을 휘젓고 다니는 바람에 내 자유시간이 줄어드는 게 싫었을 뿐이다. 나는 내가 너무도 중요한 엄마다. 희생적이고 헌신적인 사랑과는 거리가 멀어도 한참 먼 다소 건조한 엄마다.

그런데도 나는 제법 좋은 엄마다. 깊은 사랑도, 뜨거운 헌신도 없는 내가 아이들에게 떳떳할 수 있는 건, 내 사랑의 방식 덕분이다. 내 사랑의 방식은 감정이 아닌 태도이고, 기본 기조가 성실함이기 때문이다. 내가 낳고 기르는 자식들이니 사랑스러운 감정이 드는 건 사실이며 당연하지만, 그렇다고 해서 사랑의 강도가 미칠 듯한 정도는 아니며, 눈만 마주치면 사랑한다고 표현하는 다정한 엄마도 못 된다. 낯간지러운 사랑 표현을 거부하는 사춘기 남학생들을 키우다 보면 다들 그런 거 아니겠냐며 위로할 것 없다. 다들 물고 빨고 하던 인형 같던 시절에도 나는 썩 그래본 적이 없다.

애정 표현을 극도로 절제하는 부모의 가정에서 다소 건조하게 성장한 딸은 자식에 대한 사랑 표현을 숙제처럼 일처럼 여기고 끝내 미루는 엄마가 되었다. 그럼에도 나는 제법 괜찮은 엄마로 살아가는 중이다. 나는 왜 사랑이 흘러넘치는 따뜻한 엄마가 아닐까를 오랜 시간 곱씹은 끝에 나만의 사랑 방식을 찾아낸 덕분이다.

내 사랑의 방식은 성실함이다. 매일 아침 뭐라도 뒤적여 두 놈의 밥상을 차려내고, 수업에 필요하다는 문제집을 늦지 않게 주문해주고, 가정통신문의 기한이 지나지 않도록 메모하고 챙긴다. 학원비 벌러 다니느라 정신이 빠져 간식을 제때 챙겨주는 엄마는 못 되지만 여기저기 뒤지다 보면 뭐라도 나오긴 나와 허기진 오후의 배를 채울 수 있는 주방은 내 성실함의 결과다.

학원 시간에 늦지 않게 나서야 하는 아이들을 위해 약속했고 계획했던 시간에 맞춰 고기가 적당히 섞인 밥상을 차려주고, 피로를 못 이기고 먼저 잠드는 늦은 밤이면 따뜻한 먹거리를 식탁에 올려둔다. 아침 밥상에는 영양제 몇 알을 놓아두고, 자료 조사를 위해 서점에 나갈 때면 아이들 책도 살펴보고, 바쁜 저녁상을 물리고는 설명회로 달린다.

완벽함이나 정성스러움은 찾기 어렵지만 자식을 지극히 사랑하고 자식이 잘되길 간절히 바라는 어느 건조한 엄마의 사랑 방식이다. 이런 일련의 행동들로 아무리 노력해도 끓어오르지 않는 건조한 사랑에 대한 죄책감을 씻는다.

사랑의 방식이 감정일 필요는 없다는 걸 교실에서 배웠다. 그만한 아이를 키워보지 못한 젊은 축에 속하는 교사이던 시절, 학부모 상담 주간에 마주한 우리 반 엄마들은 내겐 선배 엄마였다. 아이를 잘 아는 상태에서 그 아이의 엄마와 대화할 기회를 얻는 건 담임 교사만의 특권이다. 그래서 반짝반짝 빛나는 아이의 엄마가 상담 오시는 날을 조금 더 기다렸던 게 사실이다. 그 순간의 나는 어떻게 하면 아이를 그렇게 키울 수 있는지 궁금함으로 가득한 후배 엄마였다.

반짝반짝 야무지게 빛나는 아이의 엄마는 번쩍번쩍 화려할 거라는 예상은 번번이 빗나갔다. 아이와 연결 짓기 어려울 만큼 수수한 외모와 조용조용한 말투까지. 엄마의 그 어디에서도 아이가 보이는 특별함의 단서를 찾기 어려웠다.

그런데, 그게 실은 결정적인 단서였다. 아이가 교실에서 보였던 모습들을 곰곰이 되짚어 보는 것이 단서였고 정답지였다.

"저도 남편도 특별히 공부를 잘했던 게 아니니까 아이한테 크게 욕심내는 건 없어요. 건강하고 바르게 컸으면 해서 밥 잘 챙겨 먹이고 도서관 다니면서 책 읽어주고 같이 운동해요. 그러고 지내는 게 맞는 건지는 잘 모르겠어요, 선생님"

올해 산 옷은 아닌 게 분명해 보이는 수수한 외투, 미용실에서 손질한 지 최소 몇 달은 되어 보이는 윤기 없는 머리카락, 조금 전까지도 집안일을 하다가 나온 듯한 습한 손끝에서 아이가 빛날 수 있었던 이유가 보이기 시작했다. 평범하기 그지없는 가정을 꾸리는 성실함으로 무장한 부모는 아이가 마음껏 성장해도 좋을 만한 단단하고 다정한 울타리가 되어준다.

　부모가 이것밖에 줄 게 없어 이거라도 최선을 다하자고 마음먹었을 성실한 일상이 아이에게는 마음껏 밟고 오를 사다리가 되어주었다는 사실을 일찌감치 교실에서 배운 것이다. 그들이 내 스승이었다. 그런 시간들 끝에 엄마인 내 컨셉은 자연스레 성실한 엄마가 되기에 이르렀다.

　매일 아침 7시, 군장처럼 거대한 책가방을 짊어지고 학교로 출발하는 고등학생 큰애를 보며 혼잣말을 해본다. 네가 더 성실한가, 내가 더 성실한가. 어디 한번 해보자!

∞
성실함으로 무장한 부모는 아이가 마음껏 성장해도 좋을 만한 단단하고 다정한 울타리가 되어준다.

이혜진과
이지연

다 가진 것처럼 보이는 인간은 드물지만 존재한다. 같은 학교에 근무하며 동료 교사로 처음 만나 십 년 넘게 인연을 맺어오는 중인 이혜진이라는 친구가 있다. 초등 교사라는 직업인의 관점에서 보면 혜진이는 더없이 무난한 동료였다. 무난하다는 표현은 칭찬이기도 욕이기도 하다. 반 아이들과도 엄마들과도 동료 교사들과도 적당한 거리를 두고 부드럽게 관계를 맺는 점은 칭찬할 만하지만, 그녀의 업무는 종종 구멍이 있었고 일 욕심이 없는 탓에 눈에 띄는 성과는 딱히 없었다. 그저 동학년에 피해는 주지 않는 적당히 무난하고 평범한 초등교사였다.

　교사 모임이 대부분 그렇지만, 자주 보면 여름, 겨울 방학이고, 그나마도 상대적으로 마음의 여유가 생기는 겨울 방학에만 만나 회포를 푸는 정도인 사이가 많다. 그러니 함께 근무했다고는 하나, 내가 아는 혜진이는 일 년에 한두 번 만나 지난 학기의 대형 이슈를 나누는 정도. 시시콜콜 알기도 어렵고, 알 이유도 없고, 알 힘도 없고, 알아봐야 돌아서면 잊는다. 각자 먹고살기도 바쁜 세상이다. 부부 교사인 혜진이는 방학이면 온 가족이 뭉쳐 고성부터 포항까지 동해안을 타고 내려가는 여유를 누리며 오순도순 지낸다는 근황을 전하며 말을 아꼈다.

　바쁜 직장생활 중에도 비슷한 또래의 어린 애를 낳고 키우는 사이끼리는 애는 몇 살이니, 누가 육아를 도와주시니 정도의 질문은 주고받기도 하지만, 알고 지낸 시간이 쌓여 서로의 아이들이 성장해가면서는 질문을 삼키는 게 예의가 된다. 어릴 땐 천재인 줄 알았으나 결국 아닌 것으로 드러나는 경우가 대부분이기에 먼저 꺼내지 않는 자식 소식에 관해서는 묻지 않는다. 그렇다고 궁금하지 않은 건 아니지만 궁금한 모든 걸 물을 수 없다는 사실을 알 만한 나이가 됐다.

그렇다고 자식 얘기를 아예 하지 않는 건 아니다. 얘기를 나눠봐도 괜찮을 만한 상태의 아이를 키우는 엄마는 어느 모임에나 있다. 모임 초반의 적당히 겉도는 안부 인사가 어느 정도 마무리되고 나면 진짜 궁금했던 그 집 자식들의 눈부신 근황이 실타래처럼 하나둘 풀리기 시작한다. 커피는 진즉에 식었지만 진짜 대화는 이제 시작이다.

혜진이가 이야기를 시작하면 우리의 눈은 반짝이기 시작한다. 평범하고 평범했던 혜진이는 시간을 차곡차곡 쌓아 올린 끝에 눈이 부시게 탐스러운 아들의 엄마가 되었기 때문이다. 그녀의 아들은 똑똑하고 훤칠하다. 학부모라는 생애주기에 처한 부모라면 누구나 두 가지의 공통된 소망을 품고 살아가는데, 내 자식은 나보다 좋은 대학에 합격했으면 하는 소망과 내 자식이 부모보다 큰 키를 가졌으면 하는 것. 이 두 가지의 조건을 넉넉히 충족하는 아들의 엄마가 된 혜진이는 사춘기를 지내면서도 내내 미간이 단정했다. 사춘기 아들 엄마의 명함과도 같은 미간의 깊은 골이 보이지 않았다. 쭉 뻗은 대나무처럼 매끈하게 자라는 아들 이야기를 담담하게 풀기 시작한 혜진이의 이마가 반짝거린다. 마흔이 훨씬 넘은 나이에도 저런 생기 있는 얼굴이 가능한 거구나.

같이 근무하던 시절에는 내가 후배 같다는 얘기도 자주 들었는데, 세월은 우리의 나이를 역전시켰다. 어쩌면 진짜 범인은 세월이 아니라 각자의 아들일지도. 지나온 삶이 고스란히 얼굴에 드러나고야 마는 나이가 되고 보니 내 지난 맑고 앳된 얼굴이 그리워진다. 나를 이렇게 만든 아들놈들을 탓해봐야 소용이 없다.

"아니야, 그렇게까지 똘똘이는 아니야. 그냥 열심히 하는 모범생 스타일이지 뭐."

혜진이가 아들 자랑에 열을 올리는 종류의 인간은 아니라는 점은 다행이다. 자식 자랑이 길어지는 것처럼 따분한 순간도 없는데 혜진이는 시종 그 선을 넘지 않는다. 그녀의 아들 자랑은 오히려 좀 부족한 편이라 가끔은 궁금함이 남아 몇 가지 질문을 더한 적도 있었다. 조금 더 해도 될 법한 이야기를 다소 부족한 만큼 꺼내고는 이내 화제를 돌려버린다. 미워할 수가 없다. 아니, 그 모습이 얄밉기도 하다. 혜진이는 옆 반에 근무하며 같은 복도를 쓰던 그 시절처럼 여전히 적당하고 여전히 무난했다. 넘치지도 모자라지도 않는다. 넘치는 아들을 키운다는 점만 빼면 혜진이는 예전의 그 혜진이었다.

자식 복과 남편 복은 비례한다고 했던가. 동갑내기 남편과 오랜 연애 끝에 결혼한 혜진이의 남편은 낮은 호봉과 빠른 퇴근과 긴 방학을 가진, 남편치고는 과히 자랑할 만한 조건은 아니었다. 대기업 다니는 남편 덕에 매해 연말이면 성과급 잔치를 벌인다는 다른 교사들의 윤택한 생활을 혜진이는 내내 부러워했었다.

그랬던 그녀의 남편이 세월이 흘러 호봉이 제법 오른 것은 물론, 운동 좋아하는 젊은 아빠로 단정하게 자리매김했다. 키 크고 운동 잘하는 아들을 데리고 다니며 배드민턴이니 농구니 하는 젊은 시절의 취미를 유지하는 일상. 그런 부자의 영향인지 꼼짝하기 싫어하던 혜진이는 요가, 필라테스, 등산은 물론 암벽 등반과 마라톤까지 도전하는 활력 가득한 중년여성이 되어가는 게 한눈에도 보였다. 어떤 남편을 만나 어떤 아이를 키우는지가 한 여자의 인생을 어떻게 변화시키는지를 혜진이의 삶을 보며 여실히 느끼는 중이다.

그뿐 아니다. 시종 열정적으로 아들 육아에 동참하던 남편은 이제 대치동 학원 설명회까지 동행한단다. 최근 들어 대치동에 출몰하는 중년남성들이 부쩍 늘어나고 있는 건 사실이지만, 설명회 현장에서 발견되는 여전히 몇 안 되는 아빠 중 한 명이 혜진이의 남편이라는 사실은 아무리 생각해도 부러운 일이다. 아빠, 엄마는 물론 양가 조부모의 넘치는 사랑과 관심을 한 몸에 받으며 성장하는 그 집 아들의 삶은 어떤 색일까? 혜진이 아들의 마음을 그려보다 허탈함에 피식 웃어버린 적도 있었다. 이놈의 쓸데없는 생각 그만 좀 해야지.

이 교사 모임에는 몇이 더 있는데, 그중 나는 이지연과 각별한 사이였다. 당시 함께 근무하면서 혜진이, 나, 지연이는 알아주는 삼인방이었다. 그랬던 지연이는 출산 이후 한동안 연락이 닿지 않았다. 다들 빠듯하게 전세를 구해 신혼살림을 차리던 비슷한 형편의 우리 중에서도 유일하게 시댁에서 집을 해주신 덕분에 힘을 주고 시작한 지연이었다.

아이가 아프다고 했다. 연락이 끊어진 건 아이가 아프다는 얘기를 전해 들었던 즈음인 듯하다. 조심스러운 마음에 선뜻 근황을 묻지 못했던 시간이 훌쩍 흘러 십 년이 되어갈 즈음, 모임에 지연이가 나타났다. 어디서부터 어떻게 이야기를 꺼내야 할지 몰라 한동안 막막했다. 십 년 만에 만난 보고 싶던 친구에게 근황을 묻지 못하고 넷플릭스 드라마를 추천하느라 열을 올리는 멍청이 같은 나. 십 년 만의 우리에겐 현빈에서 시작해 손석구와 김수

현까지를 찬찬히 짚어가는 얼마간의 시간이 필요했다. 서로의 주름을 살피는 시간, 맑았던 지연이는 눈가의 주름이 언뜻 보기에도 깊었다.

"애는, 많이 안 좋아."

쿵 하고 내려앉았고, 커피잔으로 가린 입술을 깨물었다. 십 년 만의 지연이에게 보자마자 묻고 싶었던 질문을 간신히 참는 중이었다. 먼저 말을 꺼내주어 고맙다고 하려다 참았다.

"다행히 학교는 그럭저럭 다니고는 있어. 하지만 잘 어울리지 못해 힘들어해서 나, 결국 그만뒀어. 그래도 이만하길 다행이라 생각하고 있어."

초등교사의 사직은 매우 드문 일이라 동질감에 반가웠지만, 우리가 이런 일로 서로를 반가워하게 될 줄이야. 그간 전해 들었던 이야기들로 어느 정도 근황을 짐작했지만 직접 듣는 건 처음이다. 이럴 땐 도대체 어떤 표정을 지어야 하는 걸까? 전화 통화였으면 한결 나았겠다는 생각이 들었다. 적어도 표정 때문에 고민할 필요는 없었을 테니까.

함께 근무했던 사 년 남짓한 시간, 지연이는 특유의 명랑한 목소리, 시원스러운 이목구비, 친절한 태도로 반 아이들에게 사랑 고백을 받는 게 일상인 활기 넘치는 교사였다. 아이가 선생님을 사랑하면, 그 아이의 엄마도 선생님과 사랑에 빠진다. 반의 엄마들은 교사인 이지연에게 다양한 방식으로 고마움을 표현했고, 지연이네 반에는 엄마들이 보내온 화분과 편지가 소복했다. 학부모 상담 주간, 지연이네 교실을 지날 때는 일부러 천천히 걸었다. 학부모들과 무슨 얘기를 나누면 저렇게 화기애애할 수 있는지 궁금했기 때문이다.

그뿐인가. 얼마 안 되는 경력에도 불구하고, 대학 때부터 쌓아놓은 탁월한 영어 실력 덕분에 교사 영어연수 강사로 활동하기도 한 능력자 중의 능력자였다. 학교 선생님들은 지연이에게 수업 실기 대회를 권하거나 장학

사 준비를 해보라는 둥 내게는 한 번도 해본 적 없는 제안을 했다. 끌어주겠다고 같이 교육청 일 좀 해보자는 연락을 가장 먼저 받은 것도 지연이었다. 그랬던 지연이가 결혼, 임신, 출산과 함께 조용히 사라져버린 것이다.

십 년 만의 지연이에게서는 전업 주부 특유의 수수함이 느껴졌다. 매끈한 H라인 스커트를 입고 복도를 활보하던 지연이가 무채색의 트레이닝복 차림으로 놀이터에서 아픈 아이의 뒤를 쫓아다니는 모습, 치료실 한편의 대기실에서 초점 없는 눈으로 스마트폰을 뒤적이는 모습은 떠올리기 어려웠다. 우울증 약을 꼬박 칠 년 먹었는데, 지금은 한결 괜찮아져 이렇게 모임에 나올 용기가 생겼다며 애써 웃어 보인다. 핑크 블라우스가 그 누구보다 잘 어울리던 긴 생머리의 교사 이지연이 사라졌다는 사실을 받아들이기 힘들었다.

궁금한 건 넘쳐났다. 애가 조금이라도 좋아질 방법은 없는 거냐고, 남편 월급으로 치료비는 감당할 수 있는 거냐고, 집 사주셨던 시댁에서 도움은 주고 계시냐고 떠오르는 대로 몇 가지를 물었다. 지난 오랜 시간, 친구의 어려움과 아픔을 더 나서서 위로하고 돕지 못한 미안함을 뒤늦은 관심인 척, 하나 마나 한 질문으로 대신했다.

지연이의 시든 표정은 아이만의 문제가 아니었다. 내가 참지 못한 괜한 질문 때문에 그녀의 시어머니가 최근 당뇨 합병증에 시달리는 중에 파킨슨 진단까지 받았다는 사실을 알아버리고 만 것이다. 아픈 아이 뒷바라지에 지난 십 년을 온전히 바쳐야 했던 지연이는 아이 문제가 아무것도 해결되지 않은 채 아이 치료센터의 대기실에 앉아 시모의 병원 진료 예약을 위해 전화통과 씨름하는 오후를 보내는 며느리가 되어 있었다.

자상하고 성실한 성품에다 적당한 재산까지 겸비해 질투를 유발했던 지연이의 남편은 어머니 병세가 깊어지자 정신을 반쯤 놓은 채 내내 힘들어한다고 했다. 동료로서, 여자로서, 아내로서 매사 질투를 유발했던 지연이의 삶은 어쩌자고, 어쩌다가 여기까지 온 걸까. 오늘 여기서 헤어지면 지연이를 다시 만날 수 있을까?

이쯤이면 내 오랜 독자들은 눈치를 챘을지도.

이혜진의 본명은 이은경이고, 이지연의 본명도 이은경이다.

혜진의 아들은 내 첫째고, 지연의 아들은 내 둘째다.

혜진과 지연을 합치면 연년생 아들 둘, 내가 된다.

혜진의 남편과 지연의 남편을 합치면 내 남편이 된다.

혜진이와 지연이가 겪어왔고 겪는 중인 모든 일은 내 일상이다. 나는 하루에도 몇 번씩 혜진이었다가 지연이가 되었다가를 반복한다. 지연이의 혼이 빠진 날에는 혜진이로 채 돌아오지 못한 채 잠들기도 하지만, 그럴 때마다 이른 새벽, 혜진이가 슬그머니 나타나 지연이를 위로한다.

이를테면 지연이와 혜진이는 이런 식이다. 학생회장인 아들 덕에 학부모회장이라는 감투를 써야 했던 나는 한껏 각진 재킷을 입고 혜진이가 되어 운영위원회에 참석한다. 그러다 둘째의 긴급한 호출을 받고 지연이로 돌변해 도움반 교실로 직행한다. 전교권 성적을 흔들림 없이 유지하는 첫째의 학원을 알아보기 위해 대치동으로 향하는 전철에 오르지만, 가는 내내 지연이가 되어 둘째 아이의 언어 치료, 인지 치료 선생님과 통화를 하고 보청기 음량 조절을 위한 진료 예약을 잡는다.

그뿐인가. 아들의 고등학교 입시를 위해 면접 예상 문항을 뽑아 함께 연습하던 혜진이는 아이가 화장실에 간 짧은 틈을 타 지연이로 변신해 둘째의 치료실 숙제를 봐주고는 얼른 검색창에 '파킨슨 명의'를 입력해본다.

혜진이가 몸매 관리를 위해 마라톤이라는 허세를 부리는 줄 알지만, 실상 이 악물고 뛰는 건 지연이다. 걸핏하면 약해지는 마음을 다잡기 위해 꾸역꾸역 달린다. 지연이는 달리기 귀찮아 미칠 것 같다는 말을 수십 번도 더 중얼거린 끝에 간신히 땀을 빼고 돌아와 곤하고 서글펐던 하루를 마무리한다. 혜진이가 이 나이 먹도록 볼만한 몸매와 매끄러운 피부를 유지하는 비결은 힘든 일상을 잊고 싶어 숨이 터질 듯 달리는 지연이 덕분인 걸 혜진이도 안다.

혜진이와 지연이는 오늘도 함께다.

평생을 종종거리며 각자의 일상을 분주하게 살아냈을 두 사람은 그림자처럼 붙어 지내다 어느 날 한시에 숨을 멈추게 될 텐데, 그날임을 직감하게 되는 아침을 맞으며 혜진이는 지연이에게 이렇게 말할 것이다.

지연아. 수고 많았다.

초라하고 서글프고 지친 삶이었지? 그런 너에게 나는 고맙다는 말을 전하려고 해. 지연이 네가 아니었다면 나는 교만하고 이기적이고 나와 내 가족밖에 모르는 작은 사람으로 살다가 오늘을 맞았을 거야. 내게 주어진 감사한 것들이 누군가가 간절히 기도하는 소원인 줄도 모른 채 당연하게 여기며 더한 걸 바랐겠지. 지연이 네 덕분에 겸손한 마음으로 주변을 돌아보는 사람으로 살 수 있었어. 고마웠다.

큰소리 한번 낼 일 없이 보드랍게 커주는 아들을 보며 복에 겨운 줄도 모르고 따분해했던 내 인생에 어김없이 불쑥 나타나 붙어 지내며 지금의 내가 얼마나 더 감사하며 살아야 하는지 일깨워줘서 고마워.

그런데 지연아. 만약 우리에게 다음 생이 허락된다면 그땐 너 없이도 잘살아볼게. 쑥쑥 잘 크는 아이를 키우면서도 내가 잘난 양 교만하지 않고, 주변을 겸손하게 돌아보고, 감사하고 또 감사하며 살게.
그러니 혹여라도 우리, 다음 생에서는 만나지 않기를.

혜진이와 지연이가 손발을 맞춰가며 두 아들을 먹이고 챙기느라 고단했던 밤, 전기장판에 누운 나는 혜진이와 지연이의 우정이 오래오래 단단하길 바라본다.

∽

이혜진의 본명은 이은경이고, 이지연의 본명도 이은경이다. 혜진의 아들은 내 첫째고, 지연의 아들은 내 둘째다. 혜진과 지연을 합치면 연년생 아들 둘, 내가 된다.

나의 친애하는 다정한 관찰자님들께

제 일상을 관찰하고 계신 독자님, 안녕하세요.

유튜브, 인스타그램, 책까지… 어쩌다 보니 저는 일상이 불특정 다수의 관찰 대상이 되는 삶을 살고 있답니다. 관심받는 게 좋아서 기꺼이 했던 선택은 아니었어요. 관찰당하기를 결심할 무렵의 저는 돈 되는 일이면 뭐든 다 해야만 하는 절박한 상황이었거든요. 그래서 시작한 일들이었는데, 감사하게도 제가 꺼내놓은 것들은 서서히 한 푼씩 돈으로 환산되기 시작했답니다. 환산된 돈으로 두 아들에게 고기를 볶아 먹이고, 진료비와 치료비를 감당하고, 학원비를 결제하는 괴상한 삶을 살고 있고요.

연예인은 아니지만, 얼굴과 일상을 공개한다는 점에서는 일면 결이 유사합니다. 집에서 출발해 전철과 기차와 택시를 차례로 갈아타고서야 간신히 도착한 어느 낯선 지역 교육청에서 강연을 마치고 주섬주섬 챙겨 돌아오는 길, 기다리던 한 엄마가 조심스레 다가온 적이 있었어요.

"선생님, 유튜브랑 인스타랑 잘 보고 있어요. 오늘은 머리 감으셨네요? 흐흐."

따라 웃습니다, 싱긋.
저는 그날 그분을 처음 뵈었지만 그분은 이미 오래전부터 제 일상을 관찰하고 계셨던 거네요. 제가 어지간하면 안 감고 버티는 사람이라는 걸 아는 사람, 나의 다정한 관찰자.

언젠가 남편이 그런 말을 한 적이 있어요.

"지금 당신이 일하는 경력에서 규현이가 지방 의대 정

도 합격하면 그림이 거의 완벽한데.”

말하기도 입 아픈 얘기지요.

애들은 이렇게 키워야 한다고, 이렇게 키워야 공부도 열심히 하고 성적도 잘 나올 거라고 전국을 다니며 떠들고 다니는 제가 자식의 성적과 대입 결과로 증명하는 것이 가장 빠르고 확실한 방법이겠죠. 남편의 말대로 큰애가 의대 합격증을 받는 순간, 제 지난 책들은 긴급히 중쇄를 결정할 것이고, ‘의대 합격시킨 엄마의 자녀교육법’이라는 타이틀의 신간 제안이 쏟아지겠죠. 아이의 초등, 중등 과정을 담은 제 유튜브 채널 속 해묵은 영상들의 조회 수도 꿈틀대기 시작할 거라 짐작해봅니다.

그 모든 것은 ‘이은경’이라는 저자에게 돈과 명예를 넉넉히 가져다줄 것이며, 무엇보다 지금까지 제 콘텐츠를 신뢰하며 함께 자녀를 키워온 독자들께 얼마나 든든한 힘이 될까요. 도박하는 심정으로 지금껏 따라 했던 방법들이 틀리지 않았구나, 이 사람에게 정착하길 잘했어, 합격 기운은 내가 받아 가야지. 독자님들의 속마음을 예상해보다가 혼자 실실거릴 때도 있답니다.

그래서 저는 지금 제가 하는 일들이 무섭고도 무겁습니다. 자식을 앞세워 내 경력과 재산으로 만들기에 손색없는 이 일이 갈수록 두렵습니다.

제대로 포텐을 터뜨려줘야 할 고등학교에서 정작 내신 등급 안 나올까 봐, 혹은 변변한 대학에 합격하지 못할까 봐 걱정하는 이유가 아이 인생이 아닌 내 인생을 위함으로 둔갑해버릴 수 있는 지금의 제 일이 솔직히 몹시 두렵습니다. 아이가 본인의 목표를 위해 지금의 삶을 즐기며 최선을 다하는 것이 아닌, 본인의 성적과 입시 결과 때문에 난처해질 엄마를 근심하여 떨어진 성적을 미안해할까 봐 걱정됩니다. 그렇게까지 엄마를 살피는 타입은 아니라는 점이 한때는 서운했는데, 지금은 다행스럽습니다.

비단 저만 그렇게 여러분께 관찰당하는 중일까요? 이런 저의 처지를 딱하게 여기고 계실 여러분의 사정도

실은 크게 다르지 않습니다.

제가 여러분에 비해 아주 조금 더 불특정 다수의 관심을 받는 중일 뿐, 대한민국에서 아이를 키우면서 주변인의 시선에서 자유롭기는 어렵습니다. 오가는 엘리베이터에서, 마음먹고 참석한 반 모임에서, 두 시간 이용권을 결제했던 키즈 카페에서, 아이를 데리러 나간 교문 앞에서 우리는 서로를 관찰합니다. 서로의 아이를 관찰하고, 눈에 들어오는 그 아이의 엄마를 유심히 살핍니다. 어쩌다 한번 마주치는 이웃도 그렇지만 친지들의 눈도 매섭습니다. 해마다 입시가 마무리되는 2월이면 사촌과 조카의 입시 결과를 궁금해하거나, 기다린 끝에 이제야 알게 되었다거나, 아직 소식이 없어 걱정이라거나, 결국 재수종합반에 등록했다는 조카 이야기는 우리네 살아가는 흔하고 평범한 모습인걸요.

그래서 저는 정신을 바짝 차리기로 결심했습니다.
성적을 기대하고, 목표를 상향 조정하고, 그 목표를 강요하고 싶은 지금의 내 마음이 나를 위한 것인지 아이의 인생을 위한 것인지 짚는 일에 일부러 시간을 냅니다. 아이 본인이 괜찮다는데, 이 정도면 만족하겠다는데, 다른 길을 걸어보고 싶다는데 부모가 포기하지 못하고 아이를 설득하는 데에 정성을 쏟는 이유가 정말 온전히 아이 인생을 위함인지에 관해서는 한 번쯤 짚어야 할 일이라 생각해요.

그래서 여러분이 계심에 감사합니다.

제가 제 욕심에 정신을 놓치고 방향을 잃어가는 순간마다 저를 깨워주고 혼내주세요. 선생님도 참, 욕심도 많으시다고, 그만하면 감사하며 사시라고, 엄마 인생 아니고 애 인생이라고, 그렇게 욕심내다가 그르친다고 정신이 바짝 드는 댓글을 남겨주세요. 어디 한번 잘되나 보자, 라는 퉁퉁 부은 댓글도 거부할 자유는 없어진 지 오래지만, 이왕이면 다정한 마음으로 관찰하고 애정 어린 시선으로 바라봐주세요. 제 욕심을 내려놓고 아이의 다정한 관찰자가 되기로 결심한 저를 결과가 아닌 과정 그 자체로 바라봐주는 저의 다정한 관찰자가 되어주세요.

길에서 우연히 마주친 저는 감지 않은 머리를 틀어 올린 채 벌건 얼굴로 달리기를 하고 있을 수도 있고요, 유튜브나 인스타그램 속 어떤 모습은 여러분을 실망하게 할 수도 있을 거예요. 그럼에도 저라는 엄마의 소소한 일상이 여러분께 위로와 공감을 드릴 수 있다면 계속해 관찰당하는 삶을 살아보겠습니다.

저 또한 여러분을 다정히 관찰하겠습니다. 댓글로 남겨주시는 여러분의 일상을 다정하게 바라보는 옆집 언니가 되어드릴게요. 서로가 서로를 다정하게 관찰하는 중임을 기억한다면 덜 예민하고 덜 불안한 우리가 될 수 있을 거라 확신합니다.

친애하는 다정한 관찰자님들의 일상을 넘치는 진심으로 응원하겠습니다.

이은경 드림

나는 다정한 관찰자가 되기로 했다

초판 1쇄 발행 2024년 5월 30일
초판 10쇄 발행 2025년 1월 10일

지은이 이은경
펴낸이 서선행

책임편집 이하정
디자인 김혜림
일러스트 이내

펴낸곳 서교책방 **출판등록** 2024년 3월 27일 제 2024-000037호
전화 070) 7701-3001
이메일 seokyo337@naver.com
종이 ㈜월드페이퍼 **인쇄·제본** 한영문화사

ISBN 979-11-987524-0-6 (03810)

(주)서교책방은 독자 여러분의 책에 관한 아이디어와 원고 투고를 기다리고 있습니다.
책 출간을 원하시는 분은 이메일 seokyo337@naver.com으로 간단한 개요와 취지, 연락처
등을 보내주세요.